KB189001

황금비율의 인연

얼굴이 최고의 스펙

황금비율의 인언

이시다 가호 지음 | 민경욱 옮김

하빌리스

린카이선(線)의 초록색을 보면, 올해도 이 시기가 돌아왔나 싶어 마음을 다잡는다. 평소 타는 전차는 게이요선의 빨간색이다. 평일 오전 6시의 차량 내부는 자리를 찾을 수 없을 정도로 혼잡했으나 짐이 많은 나는 서 있는 게 더 편했다. 열리지 않는 쪽의 문에 가만히 몸을 기대고 내내 도쿄만을 바라본다.

국제전시장역에 도착한다. 플랫폼에 나온 많은 승객은 일제히 개찰구로 향했다. 나는 비스듬히 멘 1미터 정도의 검은 통을 똑바로 세우고 부지런히 계단을 올랐다.

도쿄 빅 사이트(일본 최대 국제 전시장-역주) 방면 개찰 구에는 긴 줄이 이루어져 있고 교통카드의 전자음이 정신없이 울려댔다. 줄의 진행 속도는 무시무시하게 빠른데 끊임없이 사람들이 합류해 줄이 짧아질 기미는 전혀 없다. 십 년 전, 이 광경을 처음 보고 이 사람들이 다 동업자라니, 너무 놀랐는데 당시의 나는 빅 사이트가 바다처럼 넓다는 사실을 몰랐다. 올해 첫 대규모 합동 설명회가 실시되는 전시장 옆에서는 스포츠용품 전시회와 동인지 판매회, 골동품 플리마켓이라는 이벤트가 별세계라도 되는 양 열리고 있다.

오늘이 바로 3월 1일이다. 경단련(일본경제단체연합회의 줄임말-역주)이 지정한 구직 활동 시작일이다.

이른 시간이라 아직 취준생은 찾아보기 힘들었다. 늘 만나는 장소로 이용하는 굵은 기둥 앞에서 등을 꼿꼿이 펴고 오타와 나카무라를 기다렸다. 우리는 내정 시작일, 즉 올해 구직 활동이 사실상 막을 내리는 6월 1일까지, 앞으로 다섯 번 더 도쿄 빅 사이트를 방문해야 한다.

주말에 머리를 자르고 오늘 아침에는 평소보다 또렷하게 눈썹을 그렸다. 올해는 이 스타일로 도전해 보기로 했다. 개인적으로는 아마미 유키(당찬 여성 캐릭터를 자주 연기하는 일본의 인기 여배우-역주)를 따라한 결과이다.

오타와 나카무라는 다음 전차로 도착했다. 우리는 잠시 인사를 나누고 「서유기」의 주인공처럼 셋이 나란히 도쿄 빅 사이트를 향해 나아가는, 꽤 긴 여로에 올랐다.

이른 봄의 쌀쌀한 날씨 속을 묵묵히 걷는 우리는 ㈜K엔지니어링의 대졸 신입 채용팀이다. 리쿠나비(리쿠르트가 제공하는 구직 포털 사이트-역주)나 마이나비(취업, 이직, 진학 정보 등을 제공하는 사이트-역주)로 회사 이름을 검색할 때는 K엔지니'야'링도 존재하므로 주의하기를 바란다. 참고로 우리 회사는 앞에 ㈜가 붙는다는 점을 강조하고 싶다.

팀 최고 연장자인 오타는 채용 담당자임에도 스킨헤드다. 꽤 연륜이 있는 대머리로, 윤기 없는 두피의 질감이 기묘하고 검은 모근이 점점이 남아 있어 투명한 느낌도 없다. 그 반동인지 수염만큼은 항상 쑥쑥 자란다. 사람 앞에 나서야 하는 오늘 아침은 나름 손질한 흔적이 보이는데도 입 주변 전체에 수염이 분포하고 있어 뮤지션이나 해적처럼 보인다. 오타의 키는 백구십 센티미터, 몸무게는 비공개 상태인데 백 킬로그램으로 추정하고 있다. 오늘처럼 흐린 날에 선글라스라도 착용하면 이쪽을 힐끔힐끔 보는 시선과 마주친다.

몇 년 전에 이 점을 오타에게 지적한 바 있다. 저, 혹시나 해서 드리는 말씀인데요, 아무래도 스킨헤드와 거친 수염은 (오타 씨라도) 험상궂은 인상을 주니까요. 조금만 무난한 외모를 목표로 하심은 어떠실까요? 오타의 표현의 자유를 침해하는 행위일지도 모르지만 이건 업무니까 이해해 주리라 생각했다. 무엇보다 우리 자신이 취준생들의 몸가짐에 지나치다 싶을 만큼 까다롭지 않은가. 적어도 오타가 건실한 채용 담당자로 보이길 바랐다. 오늘 아침 기온은 섭씨 5도이다. 앞서 걷는 대머리가 척

보기에도 늠름해 보인다.

오타는 카트를 데굴데굴 끌고 있다. 카트에는 종이상자가 두 단으로 쌓여 있는데 안에는 K엔지니어링의 팸플릿 육백 부가 담겨 있다. 나카무라 역시 짐 담당이라 데굴데굴 바퀴 굴리는 소리가 겹쳐 들린다. 내 짐은 프로젝터와 PC, 포스터 세트이다. 얼핏 보면 카트보다 가볍게 보이지만 굴릴 수 없으므로 이것들은 서른일곱의 어깨에 가차 없이 파고든다. 프로젝터 본체는 그나마 괜찮은데 부속 어댑터와 받침이 무거워 짜증이 난다.

얼마 후 오른편으로 도쿄 빅 사이트의 유일무이한 실루엣이 나타난다. 그때 "앗!" 하는 외침이 들리더니 데굴데굴 화음이 독주로 변했다. 돌아보니 우왕좌왕하는 나카무라와 흩어진 짐이 보인다. 종이상자와 카트를 연결한 끈이 풀린 모양이다.

다행히 종이상자의 내용물이 땅에 흩어지지는 않았다. 그 점을 확인한 나는 못 본 척하려 했으나 상황상 돕지 않을 수 없었다. 유감스럽게도 나카무라 혼자 이 '궁지'를 타파할 수는 없다. 타파라고는 해 봤자 일단 스토퍼를 내리고 카트를 세운 다음 떨어진 종이상자를 다시 정리하고 끈으로 제대로 묶어 고정하고 스토퍼를 올리고, 내심 부끄럽지만 아무 일 없었다는 듯 전진하면 되는 일인데, 이 일련의 과정을 나카무라가 완수할 수 있을 것 같지 않았다.

예상대로 나카무라는 당연하다는 듯 누군가가 도우러 오기를 기다리고 있다. 조심스럽게 프로젝터를 비롯한 짐을 내려놓다가 저도 모르게 땅에 무릎을 꿇었다. 오타는 내 "앗!" 소리에도 돌아보지 않고 한 걸음씩 멀어져갔다.

끈을 제대로 묶지 않았겠지. 이런 점에서 나카무라는 뭐랄까, 도련님 같다. 실용적으로 묶는 방법 같은 건 그와 가장 먼 반대쪽에 있을 것이다. 작년 합동 설명회가 끝나고 나카무라가 정리한 포스터가 떠올랐다. 아직 더 써야 하는데 포스터로 칼싸움이라도 한 듯 엉망이었다.

나카무라가 대졸 신입 채용팀에 들어온 건 이 년 전이

다. 원래는 '비즈니스 솔루션 글로벌 인게이지먼트 매니지먼트부'라는 솔직히 무슨 일을 하는지 모르겠는 부서 소속이었는데, K엔지니어링에서는 실은 출세 코스의 일환으로 간부 후보에게는 반드시 몇 년간 인사부 경험을 쌓게 하기에 이동해 온 것이다. 그러므로 나카무라는 내가 보기에는 잘난 데가 전혀 없으나 출세 코스와는 무관한 나와는 신분이 완전히 달랐다.

나카무라는 오타와는 달리 전형적인 상큼한 채용 담당자, 그야말로 '회사의 얼굴' 같은 외모다. 무슨 생각이었는지 얼마 전 갑자기 치아 미백을 하고 와서 말했다. "저, 앞으로 2주 동안은 커피는 못 마셔요." 무너진 종이 상자 앞에서 그 치아만이 이상하게 하얗게 빛났다.

나도 다른 사람의 짐이 어찌 되든 상관하고 싶지 않았으나 아무리 그래도 우리는 한 팀이므로 천축국에는 셋이 도착해야만 한다. 이삿짐센터 직원처럼 '절대 짐이 무너지지 않게 묶는 방법'을 실연하며 나카무라에게 '내년에도 채용 담당 업무를 하려면 잘 봐둬'라는 메시지를 등으로 뿜뿜 드러내면서도 어차피 내 손이 보이지도 않겠다고 생각했다. 정작 나카무라 본인은 "요즘 시대에 팸플릿은 너무 후져요" 혹은 "종이는 환경에 짐이 된다고요"라는 말을 떠들고 있다. 내가 일어섰을 때 오타의 뒷모습은 상당히 작아져 있었다.

그러나 오타의 일등에는 어떤 의미도 없다. 보여주지 않으면 입장할 수 없는 '관계자 패스'는 애석하게도 석장 모두 내가 가지고 있다. 짐을 다시 영차 짊어지고 천천히 걷기 시작한다. 헤이안 시대의 귀족처럼 느긋하게 야요이의 공기를 음미한다. 열쇠를 잃어버린 초등학생처럼 안달하며 접수대 앞에서 실컷 기다려라.

◆ ◆ ◆ ◆ ◆ ◆ ◆ ◆ ◆ ◆ ◆ ◆ ◆

지금으로부터 십 년 전, 대졸 신입 채용팀에 들어왔

다. 몇 년에 한 번씩 팀원들이 교체되어 지금은 내가 최고 선임이다. 내 원래 소속은 인사부가 아니라 '프로세스부'였다. 그중에서도 핵심인 '요소·암모니아 팀'이었다.

K엔지니어링은 공장(plant, 원료나 에너지를 공급해 물리적이나 화학적 작용을 일으키는 장치나 공장 시설-역주)의 설계를 도급하는 회사다. 속칭 '엔지니어링 회사' 가운데 하나인데 수많은 화학 제품 가운데 요소·암모니아가 주 종목이다.

요소·암모니아를 하나로 묶는 이유는 둘이 일련의 제조 과정에 함께 사용되기 때문이다. 둘 다 질소 'N'의 화합물이다. 그 제조 과정, 이른바 화학 '프로세스'는 일단 공기에서 'N'을 추출하는 데서 시작된다. 'N'은 탄화수소 가스에서 추출한 수소 'H'와 반응하고 그때 암모니아가 발생한다. 하버 보슈법, 이른바 '공기로 빵을 만드는 방법'인데 이게 빵이 되는 이유는 계속 요소를 제조하기 때문이다. 암모니아를 다시 탄화수소 가스와 반응시키면 요소가 생기고, 이게 비료의 원료가 된다. 따라서 요소와 암모니아는 세트로 취급되고 사실상 이 세상에 요소 없는 암모니아 단독 플랜트는 거의 없다. 피차 탄화수소 가스를 사용하므로 세트로 다루는 게 더 경제적이다.

그런 화학 반응을 설계하는 게 프로세스부였다. 이는 플랜트 설계에서 최고위에 위치하며 이후 세부 설계는 모두 프로세스부의 기본 설계를 따라 이루어진다. 어느 회사나 '거들먹거리는 부서'가 있기 마련인데 K엔지니어링에서는 그게 바로 프로세스부이다. 라이선스나 특허 기술, 하급 세부 설계는 외주할 수 있으나 프로세스 설계만은 다른 회사에 맡길 수 없다.

이렇게 요란스럽게 프로세스부를 미화하는 이유는 내가 그곳에서 쫓겨난 몸이기 때문이다. 옆집 잔디는 푸르고 놓친 물고기는 큰 법이다. 무슨 당사자라도 되는 양 떠들고 있으나 나는 프로세스 엔지니어의 출발선에도 서지 못했다. 그 부서에는 채 이 년도 있지 못했다.

십이 년 전, K엔지니어링에 들어와 희망 부서와 팀에 배속되었을 때는 날아갈 듯 기뻤다. 대학 학부와 석사 모두 전공이 유기 화학이라 이 배속은 희망이 이루어진 것이었다. 'N'이나 'C', 'O' 등등 원래부터 화학을 좋아했다.

정말 터무니없는 거짓말 같은 이야기에서 시작하는 게 낫겠다. 예를 들어 물을 H_2O라고 하는데 물은 물이지 H_2O는 말만 그럴 뿐 사기에 가깝다. 어차피 직접 볼 수 있는 것도 아니므로 그런 일에는 반드시 미심쩍은 부분이 섞이기 마련이다. 화학식은 너무나 명쾌하고 앞뒤가 딱 떨어져서 더 사기 같다는 심증이 늘어난다. 그래서 그 옳음이 실증되면 놀란다. 아! 이게 사실이었구나! 픽션이 사실 픽션이 아니었을 때의 반전. 기가 막힌 마술이다.

확립된 화학 반응은 원하는 화합물의 양을 역산하면 필연적이라고 할 수 있을 만큼 정확한 비율을 얻을 수 있다. 단 한 번도 직접 볼 수는 없더라도 정말 믿기지 않을 만큼 생각대로 된다. 그게 재밌었다. 연금술사가 화학에 미치는 것도 이해한다. 그러나 곧 '직접 볼 수 없다'라는 것도 틀렸음을 깨닫는다. H_2O는 개념으로서가 아니라 실제로 손가락 사이를 투명하게 흐른다. 제대로 보면 그 외양은 확실히 H_2O이다.

당시 나는 프로세스 엔지니어로서 아직 아무도 알아내지 못한 프로세스를 개발하고 싶었다. K엔지니어링이 창업 이후 표방해 온 '엔지니어링의 힘으로' 인류에게 조금이나마 공헌하고 싶다…… 당시는 정말 그렇게 생각했다. 그러나 예상치도 못한 어떤 사건으로 그 미래에 어이없이 마침표를 찍고 말았다.

내가 입사했을 때 회사에 '챗봇'이 도입되었다. 시리앱처럼 질문하면 AI가 대답해 주는 것이다. 예컨대 채팅창에 '통근 경로가 바뀌었어'라고 치면 필요한 신청을 안내해 준다. '연말 정산을 어떻게 해야 하는지 모르겠어.' 혹은 '부양가족이 늘었어.' '자유 근무는 몇 시부터야?' '보너스 지급일' '남은 연가는?' 등 뭐든 됐다. K엔지니어링은 종업원 천 명 규모의 대기업이다. 천 명이나 되는 오합지졸의 온갖 질문에 시달리던 인간 담당자는 피로에 나가떨어진 상태였다.

　그때 등장한 유능한 챗봇에는 이름이 있었으니 '마도카'라고 불렀다. 예외인 시리를 빼고 챗봇은 의인화될 때가 많다. '마도카'라는 이름도 내가 입사하기 일 년 전에 사내 공모로 결정된 것이다.

　'마도카'의 외모에 내 정면에 앉은 요시오카 님은 얼굴을 잔뜩 찌푸렸다.

　마침 우리 회사의 챗봇이 세간의 화제가 되었을 때였다. 그 유명한 K엔지니어링 챗봇은 어때요? 질문을 받은 나는 아무런 의심 없이 회사 컴퓨터 모니터를 휙 돌려 요시오카 님에게 화면을 보여줬다. 아주 중요한 회의를 끝내고 쌍방의 윗분들이 응접실을 비운 사이 평사원인 우리만 남아 회의에서 사용한 자료를 처리하고 회의록을 작성하던 중이었다.

　회사 내부의 상식은 세상의 비상식이라는 말을 종종

들었다. 나도 지금은 나름대로 생각이라는 게 있는데 그때는 아무 생각도 없었다. 기본적으로 '마도카'는 고양이 귀에 꼬리가 있고 비키니를 입고 있는 묘령의 아가씨였다. 애니메이션 「시골별 녀석들」의 캐릭터 라무를 훨씬 요염하게 만든 느낌이라, 문제가 있다고 판단한 사람이 있었다면 표절로 소송을 당할지 모르겠다고 걱정했을 정도다.

화기애애하게 대화하던 요시오카 님이 갑자기 놀라는 바람에 "어?" 하며 나도 화면을 보자마자 바로 상황을 깨달았다. 12월이라 '마도카'는 산타클로스 복장을 하고 있었는데 그 반동인지 평소보다 노출이 훨씬 심했다. K엔지니어링에서는 낯익은 풍경이나, 외부인에게는 자극이 지나쳤을 것이다. 내부의 수치를 들킨 듯해 "이거, 좀 그렇죠. 뭐랄까, 쇼와 시대 분위기?"라고 간신히 얼버무렸다. 그렇게 그 자리는 내 기막힌 수습에 요시오카 님이 쓴웃음을 짓는 걸로 정리되었다고 생각했다. 그런데 다행인지 불행인지 모르겠으나 요시오카 님은 하필 현대적인 공무원이었다. 이건 불행이었 겠지…….

　말단 공무원인 요시오카 님을 비롯해 상대는 경제산 업성의 재생 에너지 부문 담당자였다. 원래는 우리가 가 스미가세키(관청들이 모여 있는 거리-역주)에 갔어야 했는 데 새로 생긴 부문이라 의욕이 넘치는지 굳이 우리 회 사까지 온 것이다. 물론 대화 주제는 '차세대 에너지'였 고 회의할 때의 분위기로는 상대가 우리 회사에 기대하 는 게 확실했다.

　이후 경위는 직접 듣지 못해 잘 모른다. 어쨌든 '마도 카' 이야기가 행정 담당자의 귀에 들어갔다고 한다. 다 음 달 새해가 되자마자 구의 무슨 공동 참가 센터로부 터 우리 회사에 민원 전화가 걸려 왔다. '마도카'의 디자 인이 '시대에 맞지 않는다'라는 것이다. 하지만 민간기 업의 일이잖아? 어떤 캐릭터를 쓰더라도 참견할 이유는 없지. 맞는 말일 수 있다. 그러나 이 민원을 완전히 무시 하고 전혀 상대하지 않은 건 우리 회사 홍보부의 실수였다. 행정 쪽 사람에게는 절대 무례한 짓을 해서는 안 된다. 설사 상대가 대단한 직책이 아니더라도.

우리 회사의 '오만한' 대응은 곧 세상에 퍼졌고 그대로 야후 뉴스에 실리며 일파만파 화제가 되었다. K엔지니어링에 있어서 이는 불명예 자체였다. 무엇보다 그동안 겁도 없이 '세계를 엔지니어링으로 이끈다!' '엣지 오브 이노베이션', '지속 가능성의 실현' 같은 '선진성'을 세상에 주장했으니 말이다.

원래 이 건은 강 건너 불구경이었다. 그런데 야후 뉴스를 읽다가 이게 남의 일이 아님을 깨달았다. 어떻게 이야기가 변형되었는지는 모르겠으나 발단은 '이 회사 여직원의 내부 고발'로 되어 있었다. 짚이는 부분이…… 있었다. 절로 허리가 꼿꼿이 펴졌다. 그 순간까지 자신과 관계가 있는 일일 줄은 꿈에도 생각하지 못했다.

야후 뉴스가 나온 다음 날 출근하자, 화려한 기업용 새해 장식 옆에 와이드쇼 프로그램 제작진들이 모여 있었다. 회사는 일찌감치 '외부인의 질문에는 절대 응하지

마라'라는 함구령을 내려 그날은 다들 입을 다물고 뒷문을 사용했다. 홍보부는 2주에 걸쳐 급한 불을 끄려고 동분서주했다고 한다. '마도카'는 어느새 'K타로'라는, 게임 「별의 커비」와 흡사한 캐릭터로 교체되었다.

세상의 집중포화를 받는 동안 가장 큰 손해를 본 게 주가였다. 재생 에너지라는 흐름을 타고 십여 년간 상승 곡선을 그리던 주가가 예전의 저공비행으로 돌아온 것이다. 주식회사, 게다가 사업이 여러 번 실패해 올해도 주주들에게 무배당이 결정된 기업에는 너무나 위험한 사태였다. 우리 회사의 변변치 못한 사장이 느닷없이 니케이신문 인터뷰에 응해 정말 느닷없이 자사의 '다양성'을 힘껏 어필해 진화에 나섰으나 이 역시 효과는 없었다.

어차피 세상의 눈은 그리 꼼꼼하지 않은 법이다. 3주나 요란을 떨며 비난하던 여론도 잠잠해져 평소의 생활로 돌아왔다. 세상의 관심이 가라앉으면서 내부에서는 "누가 밀고했냐?"라는 게 점점 더 관심사가 되었다. 총

무의 하야시인가, 토건의 시즈미인가, 재무의 다카하시인가. '여직원'의 비율이 오에서 육 퍼센트에 미치지 못하는 회사이다. 나를 포함해 '여직원'은 거의 전원이 용의자가 되었을 것이다. '되었을 것'이라고 말한 건 내가 바로 당사자였으므로 그런 소문에 직접 참여하지 못했기 때문이다.

모든 게 의심스러웠다. "이거, 좀 그렇죠. 뭐랄까, 쇼와 시대 분위기?"라는 말이 과장되어 이 소동이 일어난 걸까. 직접 요시오카 님에게 물어볼 수 있었으나 그러지 않았다. 들쑤셨다가 큰일이 날 것 같았다. 여전히 다른 사람이 '밀고'했을 가능성이 있었으므로 모르는 척하고 업무에 몰두했다.

범인은 의외의 경로로 알려졌다. 소동이 가라앉고 두 달이 지났을 무렵, 다나카 프로세스 부장의 호출을 받고 너무 놀라 목소리가 뒤집히고 말았다. 총 백 명의 프로세스부, 게다가 군대 같은 수직적인 조직에서 젊은 신입사원이 부장의 지명을 받은 것이다.

"내년부터 인사부로 이동한다." 별실로 들어가자마자 충격적인 발령 통보가 떨어졌다. 인사부? 너무 생뚱맞은 부서라 할 말을 잃었다.

표면적인 이유는 '인원 조정'이었다. 프로세스 부원은 남아도는데 인사부는 부족하다. '여성은 인사부에서 더 활약할 수 있으니까.' 나를 선택한 이유였다.

"그쪽이 더 여성만의 시점을 활용할 수 있겠지?"

네? 소심한 항변을 시도했으나 기개는 순식간에 사그라들었다.

"그리고 말이야, 회사에 불이익을 끼치는 사람을 우리 부서에 둘 수는 없지."

처음에는 '인사 조정'이라고 했으나 이런 말까지 나왔으니 이건 확실한 단죄다. 부장의 말이 무슨 소리인지 알아들은 탓에 더는 항변할 수 없었다. 프로세스부는 특별한 부서다. 부원을 엄선하는 건 지극히 당연하다. 기묘하게도 이해가 갔다. 그러므로 '이 회사 여직원'은 바로 나였다. 다나카 부장이 '회사에 불이익'이라고 한 이유도 그것이다.

자리로 돌아오니 울음이 터질 것만 같았다. 너무나 부당한 회사의 발령을 다른 사람에게 하소연하고 싶었다. 이번에야말로 그 공동 참가 센터라는 곳에 신고하고 싶었다. 그러나 외부인과 얽히는 일은 이제 지긋지긋했다. 어쨌든 이 부서에 내가 있을 자리는 사라졌다.

한 대 얻어맞은 사람처럼 멍한 상태로 짐을 챙겨 그날 바로 프로세스부를 떠났다. 처음 겪는 뼈아픈 경험이었다. 당시 입사 이 년째, 이제 막 울음을 터뜨린 갓난아기나 마찬가지였던 사회인이 아무 일 없었던 듯 말간 얼굴로 책상을 치우는 일 외에 뭘 할 수 있었을까. 이 외에 내가 드러낸 의지가 있었다면 그때 회사를 그만두지 않았다는 정도이다.

비밀리에 이루어진 범인 찾기는 당사자인 내게 사실 확인조차 하지 않고 끝났다. 아! 요시오카 님. 그 사람에게 챗봇 화면을 보여주지 말았어야 했다. 모든 기회를 놓치고 말았다. 앞으로 본격화될 재생 에너지 안건으로부터도 영원히 추방되고 말았다.

인사부. 나와는 가장 거리가 멀다고 생각한 부서다. 인사부에 보낼 바에는 차라리 징계 해고를 해라. '사람'과 관련된 '일'에 아무런 가치를 찾을 수 없었다. 이건 내 일이 아니라고 생각했다.

인사부는 일단 모든 게 어영부영했다. 이전에 이런 질문을 한 적 있다. 유급 휴가 취득에 월 제한이 있나요? 인사부원 A는 "있다"라고 대답하고 "월 최대 10일"이라고 했다. 그런데 B는 "없다"라고 했다. 이 문제는 페르마의 최종 정리만큼이나 혼미를 거듭했다. '모든 취업 규칙을 다 조사'한 결과 월 제한은 '없다'라는 걸로 증명되었다. 말할 것도 없이 '도쿄 증시 1부' 상장 기업에 이런 일이 있을 수 있다니. 신입 사원 주제에 아주 놀랐다.

급여 계산도 마찬가지다. 어느 날 연락이 와서 내 '휴일 출근 수당'이 과거 석 달간 지급되지 않은 걸로 밝혀졌다고 했다. 삼십만 엔쯤이었다. '이게 뭐야?'라는 소감을 상사에게 전했다. 그러자 "그런 일이 있지, 있어" 라고 대답했다. 우리 회사는 대충이니까. 이후 급여 명세서를 매달 자세히 읽는다. 그 무렵 인사부가 출셋길에 '잠시 들르는 곳'이면서 중요 '좌천 부서'임을 깨달았다. 그래서 그랬구나. 녀석들, 해야 할 일을 대충 하고 있었구나.

그런데 내가 인사부에 온 것이다. 눈총을 주거나 부루퉁하게 굴어도 되었을 텐데 다행인지 불행인지 냉대받지 않았다. 추락한 무사에게 다들 상냥했다. 회사를 통째로 짊어진 듯 날 선 분위기의 프로세스부와 달리 이런 점도 어영부영했다.

창문으로 보이는 풍경에 당황했다. 정면 현관 바로 위에 인사부가 있는 탓에 지면과 너무 가까워서 보고 싶지 않아도 드나드는 사람이 훤히 보인다. 다시 눈물이 날 것만 같았다. 평소 내 자리에서는 도심 빌딩들을 한눈에 볼 수 있었다. 이동하고 나서 회사 꼭대기에 있는 프로세스부 근처에는 한 번도 가지 못했다.

십 년 전 이야기다. 지금은 회사 안에서 내가 전에 프로세스부였다는 사실을 아는 사람이 없다. 현재는 '인사부의 오노 씨'로 통하며 이 '인사부'라는 호칭은 '미스터 나카시마'처럼 내게 그대로 정착되었다. 'K타로'도 종업원들에 친숙해져 지금 젊은 사원들은 모를 '마도카'의 자리를 잘 이어받았다. 참고로 나는 한 번도 챗봇을 사용하지 않았는데 그것은 결단코 반발심에서가 아니다. 인사부 대졸 신입 채용팀 사람이라 챗봇에 물어볼 만한 회사의 한심한 규정은 죄다 머릿속에 있기 때문이다.

어떤 정보 조작이 벌어졌는지 나는 내 의지로 인사부에 온 게 되었다. 슬플 만큼 그럴 듯한 이야기이다. 아무래도 여자는 프로세스부가 힘들었겠지. 죽어라 일해야 하는 부서니 앞으로 출산, 결혼 같은 인생을 생각하면 여자는 힘들겠지⋯⋯. 인간은 너무나 빤한 이야기에 이상할 만큼 의심을 품지 않는다. 하하하, 크게 웃는 인사부장의 눈에는 마초 남성 사회에서 당연히 낙오한 약해 빠진 계집애로 보였을 것이다.

이렇다 할 이유도 없이 '대졸 신입 채용팀'에 배속되

었다.

오노 씨, 부탁해. 인사부장이 내 어깨를 두드렸다. 여성만의 시점을 기대하지. 여성만의 시점이라. 모두, 모든 사람이 내게 똑같은 걸 기대한다.

◆ ◆ ◆ ◆ ◆ ◆ ◆ ◆ ◆ ◆ ◆ ◆ ◆

도쿄 빅 사이트 동쪽 전시관에 선다. 벌써 십 년째 계속 온 익숙한 곳이다. K엔지니어링 부스를 찾은 삼십 명 이상의 취준생에게 지금부터 오타가 회사 설명을 시작하려는 참이다. 회사 설명은 삼십 분마다 이루어지는데 이번 강연자는 오타이고 나와 나카무라가 돌아가면서 한다.

오전 10시에 개장하자마자 입구에서 취준생이 파도처럼 몰려들었다. K엔지니어링 부스는 좋지도 나쁘지도 않은 위치에 있는데 일찌감치 구름떼처럼 사람들이 모였다. 보통 삼백을 넘는 부스 가운데 연어의 산란 활동처럼 곧장 K엔지니어링으로 오는 취준생은 일단 우리 회사가 제1지망임이 분명했다. 이른 시간에 오는 취준생은 역시 오후 시간에 그냥 빈 파이프 의자가 보여서 앉은 듯 보이는 취준생과는 기백이 다르다.

이십 개의 파이프 의자는 바로 다 찼고 일부는 서 있기까지 했다. 작년보다 명백히 우리 회사의 주목도가 높다. 파티션 너머로 사방의 동업자 부스를 살폈다. 보통 K엔지니어링에 지원하는 취준생은 M화공과 H준공에도 지원한다. 나도 십삼 년 전에 두 회사에 지원했다가 떨어졌다. 당연히 상대도 만원이었으나 서서 들을 정도는 아니었다.

K엔지니어링은 몇 년 전부터 조금씩 취준생의 주목을 모았다. 바로 탈탄소 때문이다. SDGs이다. 오늘날 모두가 아는 바와 같이, 업계를 연구하는 취준생은 앞으로 암모니아가 뜰 것임을 안다. 원래부터 요소 · 암모니

아를 강점으로 하는 K엔지니어링인데 그린 암모니아, 블루 암모니아 등 탈탄소는 현재 국가정책이 되어, 이런 방향은 우리 회사에 순풍이 되고 있다. 한편 대항마인 M화공과 H준공은 굳이 말하자면 리파이너리(Refinery), 즉 고전적인 석유 정제 방면에 강한 회사라 일반적으로 반 SDGs로 분류된다.

오늘 첫 번째 회사 설명까지 삼십 초가 남았다. 스크린 옆에 선 오타는 내내 생글생글 웃고 있다. 오타의 웃는 얼굴은 취준생 앞에서만 볼 수 있다. 스킨헤드가 등대처럼 프로젝터 빛을 반사한다.

"여러분, 좋은 아침입니다!"

정각 오전 10시 15분이 되자, 오타가 시보처럼 목소리를 높였다. TV 어린이 프로그램의 체조 오빠 못지않게 활기차다. 오타는 제일 먼저 너무나 바쁠 시기에 K엔지니어링 부스까지 직접 찾아와 준 취준생에게 한없이 감사를 전했다. 이때 취준생 일부와 자연스럽게 잡담을 나누던 나카무라가 '자, 시작이야'라는 식으로 신호를 보내면 드디어 오타에게 몸을 돌렸다. 취준생을 상대로 선배 분위기를 물씬 풍기는 게 그의 장기다.

오타는 회사를 설명해야 하는 자리에서는 고로스케(일본 인기 애니메이션 「키테레츠 대백과」의 캐릭터-역주)처럼 한껏 목소리를 높인다. 그 캐릭터의 독특한 어미가 나오지 않는 게 오히려 이상할 정도이다. 괜한 말이 아니라 아무리 많이 들어도 다정하면서도 웃기다. 그 결과, 나는 오타가 프레젠테이션하는 동안 내내 성모처럼 미소를 짓게 된다.

"여러분, 회사 설명이 끝나면 부디 이 QR코드로 앙케트에 답변해 주세요."

처음부터 잊지 않고 알린다. '앙케트'는 새빨간 거짓말이고 재빨리 개인 정보를 얻으려는 속셈이다. 이 고로스케의 부탁에 바로 스마트폰을 대는 취준생도 있다.

"우리 엔지니어링 회사는 공장도 기자재도 없습니다. 사람이 유일한 재산입니다. 그러므로 우리 회사는 인'재(材)'라고 쓰지 않습니다. 인'재(財)'라고 씁니다. 단순한 인재가 아니라 보물이죠."

고로스케의 그 말에 살짝 흥이 깨진다. 대단하게 들리는 저 말은 우리 회사만 하는 게 아니다. 어느 회사나 다 떠드는 소리다. 그러나 똑같은 대사를 삼십 분 후에는 나도 떠들어야 하므로 너무 냉소적으로 반응하지 않는 게 좋다. 내 차례가 다가와 살짝 헛기침했다.

K엔지니어링의 심사 절차는 지극히 일반적이다. 입사 지원서(ES, Entry Sheet), 1차 면접과 그룹 토론, 2차 면접, 최종 면접까지. 입사 지원서는 웬만한 오탈자나 상당한 결격 사유가 없는 한 다음 1차 면접으로 넘어간다. 매년 천 조금 안 되는 지원서가 모이고 그중 오십 명 전후가 채용된다.

1차 면접에서는 지원자를 4분의 1로 줄이고 2차 면접에서는 반으로 더 줄어든다. 그리고 2차 면접을 돌파한 백 명 전후의 지원자는 최종 면접을 받는데 K엔지니어링의 최종 면접은 십 분 정도 대면에 불과하므로 2차 면접만 통과하면 느닷없이 칼을 휘두르지 않는 한 사실상 내정이다. 유명한 취업 게시판에도 'K엔지니어링은 최종까지 가면 내정 확실'이라고 정확하게 적혀 있다.

그렇게 6월 1일에 일제히 송신되는, 내정 통지 메일. 백 명 전후가 이 메일을 받는데 여기서부터 내정자와의 심리전이 시작된다. 내정 거절 비율은 보통 사십에서 육십 퍼센트이다. 어? 그렇게 많이 거절한다고? 처음에는 놀랐다. 그렇게 오래 심사하는데 이렇게 쉽게 거절당한다고? 그러나 만성적인 취준생 우세 시장이라 K엔지니어링만의 이야기는 아니다. 최종 합격자는 오십 명 정도면 되어서 백 명에게 내정 메일을 보내는 것이다.

채용 담당자에게 가장 큰 난관은 1차 면접이다. 다른 회사는 어떤지 모르겠는데 이 1차 면접을 처리하는 인원은 채용 담당자 셋뿐이다. 2차 면접에서는 각 부의 관리직에게 면접관으로 오게 요청하고 채용 담당자는 빠진다. 최종 면접은 표면상 '사장이나 부사장'이 면접관이 되는데 그런 일은 절대 있을 수 없으므로 늘 시나 읊

듯 유유자적한 임원 중 한가한 사람을 부른다. 단순한 '얼굴 보기'이므로 어떤 아저씨라도 상관없다.

1차 면접에서는 세 명에서 다섯 명의 지원자를 채용 담당자가 한꺼번에 평가한다. 때에 따라서는 이백 명이 넘는 사람을 면접해야 하는데, 하루에 최대한 소화할 수 있는 게 열 번이다. 그러므로 매년 3월 말부터 5월의 골든위크까지 채용 담당자는 '면접 회장'이 되는 회의실에 사실상 틀어박히게 되고 이 시기의 시간외 근무는 백 시간 이상이다. 그러나 이 시간이 힘든 이유는 면접 일정이 빡빡하기 때문이 아니다. 그보다 '선발 회의'에 시간을 빼앗기기 때문이다.

K엔지니어링의 심사 과정에서 가장 힘든 작업은 사실 이 1차 면접이다. 물론 '선발 회의'도 채용 담당자 세 명이 다 수행한다. 채용 담당 부서 인원 네 명 중 세 명에게 모든 권한이 넘어오는 것이다. 표면상 '인사부장의 지휘 아래 공정하고 객관적인 심사가 이루어진다'라고 되어 있으나 일반적으로 가장 신중해야 할 이 국면에서

그 결정권은 아무것도 아닌 평사원 세 명이 쥐게 되는 것이다.

그런 '선발 회의'는 엄청난 밀실에서 이루어진다. 그것도 아침부터 이어진 면접을 끝내고 돌아온 오후 8시쯤부터. 셋은 사뭇 떨떠름한 표정을 짓고 있으나 머리의 반은 '오늘도 너무 피곤해……' 라는 생각이 점거하고 있다. 거기에 인간 보물을 선발하는 데 충분한 판단력이 남아 있는지는 신만이 알 텐데 어쨌든 올해도 이 잔업 백 시간 초과의 너덜너덜한 세 인간의 어깨에 K엔지니어링의 미래가 달려 있다.

조금 전의 합동 설명에서 4주가 흐른 밤, 우리는 한창 '선발 회의' 중이다.

"다음은 쓰치야 씨입니다."

각자 자료를 넘긴다. 이력서와 입사 지원서, '평가 시트'인 엑셀을 참고 자료로 삼는다.

"쓰치야 씨는 정말 괜찮아요. 제 평가 시트에는 마쓰

오 씨보다 훨씬 점수가 높아요. 역시 사람은 학력이 다가 아니죠……."

나카무라는 쓰치야를 추천했다. '평가 시트'는 지금으로부터 오 년 전에 '공정하고 객관적인 평가'를 내리려고 도입한 것으로, 이력서와 지원서로는 파악할 수 없는 지원자의 '됨됨이'를 수치화한다. 평가 항목은 '청결한 몸가짐' 'TPO에 맞는 복장' '발랄한 인사' '풍부한 표정' '활기찬 말투' '면접관과의 눈 맞춤' '패기 있는 목소리' '명확한 이야기 능력' '다른 이의 능력을 존중하는 태도' 등의 항목이 있고 각각 5점 만점으로 채점된다. 그런데 지금 셋 중에 평가 시트에 정성을 다하는 사람은 나카무라뿐일 것이다.

"아니야. 쓰치야는 우리와 맞지 않아. 다른 업계에도 관심이 있다고 했고 그다지 열의가 있지도 않았어."

취준생이 없을 때의 오타는 평소의 날카로운 목소리로 돌아와 있다. 역시 오타는 쓰치야에 부정적인가?

"그래요? 저는 강한 열의를 느꼈습니다. 우리 회사 연

혁도 다 알고 시험적인 플랜트 이야기도 했잖아요?"

"무엇보다 쓰치야는 N대 교육학부지? 일반적으로 우리 회사에는 안 오는 타입이야. 틀림없이 어쩌다 온 거야."

"아니, 아니, 아니죠. 앞으로는 그런 새로운 인재도 계속 들어오게 해야죠."

둘의 의견이 갈려 이제는 내 의견을 기다리는 상황이 되었다. PC를 노려보고 있으나 그 안의 글자는 보고 있지 않았다. 쓰치야의 학력도 전공도 졸업 논문도, 석사 논문 주제도 동아리도 아르바이트도 취미도 특기도 자격도 유학 경험도 봉사 활동도 지원 동기도 특기 사항도, 전부 읽지 않았다. 그저 종이 이력서를 봤을 뿐인데 특별히 체크 표시는 없었다.

"쓰치야 씨는 떨어뜨려도 될 것 같은데요."

내 말에 "그래요……"라며 나카무라는 낙담하고 그대로 물러났다. 나카무라의 반론 비율은 육십 퍼센트 정도인데 끝까지 쓰치야를 추천할 기개는 없는 듯 보인다.

이로써 쓰치야의 합격 여부는 결정되었고 나카무라가 쓰치야의 이력서를 '불합격' 상자로 옮겼다. 일 분 남짓 사이에 벌어지는 일이다.

아니, 선발하는 자리가 이렇게 대충이라고……? 처음에는 상당히 충격을 받았다. '공정'하고 '객관적'인 점은 조금도 찾아볼 수 없다. 우리는 지금 쓰치야를 불합격시켰는데 사실 녹음 같은 어떤 장치도 없이 대화만으로 결정한 이상, 결과를 내린 근거는 하나도 없다. 내가 받은 충격이란 도무지 '일'이라고 부를 수 없는 아마추어 같은 방식 때문이었다.

"1차 심사는 뭐랄까요, 너무 얼렁뚱땅 넘어가는 거 아닌가요?" 신입이었던 당시 상사에게 소감을 밝힌 적 있다. "하지만 1차 심사는 어디까지나 숫자가 중요하다고. 한없이 고민하고 있으면 안 돼." 상사는 내 의견에 나름 공감하면서도 대답했다.

1차 심사는 '달리면서 한다'라고들 한다. 애당초 1차 심사에서 '공정하고 객관적'을 챙기는 건 무리다. 천 명의 지원자 전원과 면접을 끝낸 다음, 정해진 평가 기준에 따라 상위 25퍼센트를 다음 단계로 넘기면 정말 '공정하고 객관적'일까. 물론 그렇게 할 수 없는 이유가 있다. 1차 심사가 두 달에 걸쳐 단계적으로 실시되기 때문이다. 마지막 지원자 Z까지 기다리면 처음 A는 지쳐 다른 회사에 빼앗긴다. 취준생은 생물이다. 우리가 원하는 취준생에게는 바로 연락하는 게 채용 담당자의 철칙인 이상, 우리는 면접 당일 판단을 내려 '합격'한 지원자에게 즉시 2차 면접 안내 메일을 보내야 한다. 아니, 철칙을 따지기 전에 내일 이후로도 지원자가 줄 서 있으므로 태평하게 고민할 여유는 없다. 숙고하면 우리 목이 졸린다. 따라서 평가 기준은 본인의 느낌, 혹은 '경험'이나 '감'에 의존하는 수밖에 없다. 아무리 얼렁뚱땅 처리하더라도 제일 큰 물고기를 놓치는 실수만 저지르지 않으면 된다.

다음 지원자 마쓰오에 대한 토론은 상당히 길어졌다.

"저는요, 마쓰오 씨는 우리 회사에 맞지 않다고 생각

합니다. 그룹 토론에서 다른 사람의 의견에 실소하더라고요. 마쓰오 씨는 협동심이 부족합니다."

이 일을 통해 배운 게 하나 있다면, 인간은 어차피 '자기와 비슷한' 사람을 좋아한다는 것이다. 나카무라가 추천하는 사람은 언제나 '나카무라 같은' 사람이다. 우정, 노력, 승리 같은 대단한 걸 바라는 건 아니다. 다 같이 화기애애하게 일을 추진하는 사람을 추천한다. 그 평가 기준도 그리 나쁘지 않고 지금 세 사람 가운데 가장 정당하다고 할 수 있다. 한편 나카무라는 학력을 끔찍이 싫어하는 경향이 있다. 고학력자에게는 갑자기 날카로워진다. 출세 가도에 있는 사람치고 나카무라는 고학력이 아니다.

나카무라의 평가 기준에는 이 밖에도 '학업 이외의 과외 활동'이 있다. 그것을 '주력 학력(학창 시절에 주력한 것)'이라고도 부르는데 그중에서도 나카무라가 편애하는 사람은 배낭여행을 한 경험이 있는 사람이다. 이 도련님, 세계 각지를 무전 여행한 학생에게는 정신을 놓는다. 물론 나카무라도 '학창 시절'에 배낭여행자였고 화제가 이쪽으로 넘어가면 아주 난리가 난다. '자전거로 호주를 종단한 이야기' '델리 암시장에서 길을 잃은 이야기' '이스탄불 잔디밭에서 낮잠을 잤는데 밤이 된 이야기' '런던 펍에서 마피아에게 얻어맞은 이야기' '상하이 하늘이 정말 푸르렀던 이야기' '애틀랜타에서 항공기를 갈아타려다 델타와 협상해 탑승객 모두를 구한 이야기' 등등 온갖 무용담이 끊이지 않고 작렬한다. 저는 말이에요, 관광지 같은 데는 안 가요. 맞아요. 관광지는 싫어요. 그보다 길거리에서 노숙자와 얘기하는 게 좋아요. 함께 술을 마시기도 하고요. 지나치던 사람과 친구가 되어 그 사람 집에서 자기도 해요. 네. 그 사람과는 지금도 연락하는 사이에요. 녀석, 이제 슬슬 일을 구했어야 할 텐데……. 해외에서는 말이죠, 길을 지나가는 사람이 다 생글생글 웃어요. 나리타로 돌아오면 충격을 받아요. 다들 어두운 얼굴로 서둘러 걷고 있으니까요……. 어두운 얼굴로 서둘러 걷는 게 왜 나쁘지? 어쨌든 나는 여기서 하나의 진실을 본다. 로봇이 아닌 우리에게 '공정하고 객관적'은 생각보다 멀리 있다.

그런 편향은 나카무라에게만 있는 게 아니다. 오타의 평가 기준은 훨씬 명쾌하다. 남자는 학력, 여자는 어학, 끝! 굳이 더 말하자면 남자는 Q대, 여자는 귀국 자녀, 즉 해외 생활 경험이 있는 사람이 최고다. Q대는 옛날부터 K엔지니어링이 좋아하는 대학이고 그것은 회사 창업이 규슈에서 이루어졌기 때문이다. 무엇보다 오타 본인이 Q대 졸업생인데 본인도 의식하고 있을 텐데도 대놓고 Q대 졸업생을 편애한다. 오타의 남자 서열은 Q대부터 시작해 이하로는 도쿄대학 이과Ⅲ부터의 학부 성적이다. 귀국 자녀 여성을 좋아하는 이유는 아마도 오타의 성적 취향에서 비롯된 것이리라. 또 오타는 TOEIC이 백 점대여서 어학을 잘하는 여성에 경외심을 품고 있는 듯하다.

'귀국 자녀라서 영어를 잘한다'라는 생각은 꼭 맞지도 않은데 아무래도 오타의 마음속에는 그런 공식이 성

립되어 있다. 귀국 자녀이기만 해도 불만이 없는데 나아가 부모가 다 외국인, 혹은 미들 네임을 가졌다면, 최악의 경우 TOEIC이든 TOEFL이든 점수만 좋으면 오타는 바로 상대를 '어엿한 사람'으로 인정한다. 거꾸로 여자는 아무리 학력이 좋아도 전혀 의미가 없다.

오타의 평가 기준은 정말 재수 없었으나 그게 바로 K엔지니어링의 가치관 자체였다. 오랫동안 K엔지니어링은 음으로 양으로 '남자는 학력, 여자는 어학'인 회사였다. 새로운 시대의 시점으로 보면 '남자는 배짱, 여자는 애교' 수준의 이야기, 아니 오히려 그보다 더 한심해 보이는데 회사라는 폐쇄된 사회의 관습은 꽤 단단하다.

13년 전, 내 TOEIC 점수는 구백 점대였다. 지금은 그리 드물지 않은데 당시는 감히 아무도 건드리지 못할 높은 점수였다. 하지만 연구직 외에는 관심이 없다고 너무 솔직하게 말했는지 K엔지니어링 외의 회사에서는 다 떨어졌다. 나란 인간은 아무도 건드리지 못할 인물이 전혀 아니었으나 그런 학생이 제일 먼저 떨어진다는 사실을 지금은 알고 있다. '뭐든 할 수 있다.' '모든 분야에 관심이 있다.' '일단 도전하고 싶다.' '조금 두렵기는 하지만, 뭐든 열심히 하겠다!' 무엇보다 대졸 신입 채용에서는 성인 비디오에 데뷔하는 배우 같은 자세를 소중히 여긴다. 내게는 이 밖에도 엄청난 인간적 결함이 있을 게 분명한데 어쨌든 "이 애, 영어 잘해"로 간신히 K엔지니어링에 잠입한 까닭에 오타의 평가 기준을 대놓고 무시하기에는 어려움이 있다.

전에 내 심사 자료를 찾아본 적 있다. 그냥 내가 어떻게 채용되었는지, 궁금했다. 그런데 아무것도 찾지 못했다. 개인 정보를 중요시하는 회사 규칙에 따라 '심사 자료는 심사 후 일 년 이내에 파기'하게 되어 있다. 모르는 게 약이라고 지금은 못 본 게 다행이라고 생각한다.

"마쓰오는 통과. 자기 의견이 분명하고 주위에 휘둘리지 않는 게 좋아."

"확실히 당당하게 말한 점은 좋았습니다. 하지만 아무래도 팀워크는 안 좋지 않을까……."

또 의견이 갈렸다. 그런데 오타의 추천 정도가 장난 아니다. 무엇보다 마쓰오는 Q대이고 게다가 검도부 부장이었다. 오타와 같은 대학에 같은 동아리라는 소리다. 이 거대한 고로스케가 이보다 더 좋아할 수 없는 최강의 조건을 갖추고 있다.

"아니야. 마쓰오는 꼭 통과해야 해. 요즘은 자기주장을 펼치는 학생이 오히려 드물어."

더는 말대답이 필요 없다는 말투다. 다시 내게 바통이 왔고 마쓰오의 이력서 역시 문제점은 없었다.

"마쓰오 씨는 떨어뜨리는 게 좋겠어요."

마쓰오의 결정에는 이후로도 사십 분이 더 걸렸다. 최종적으로 마쓰오는 일단 보류로 돌렸다. 오타는 대놓고 불복하면서도 역시 이 사람 특유의 무사다운 깨끗함이랄까 끝내 결과를 묵묵히 받아들였다. 우리에게는 '삼십 분 이상 논쟁이 이어지면 다수결'이라는 우리만의 규칙이 있다.

나는 너무 눈에 띄는 지원자의 이력서에는 살짝 체크

를 해놓는다. 아무도 모르는 나만의 한 가지 평가 기준
은 황금비율의 얼굴이었다.

· · · · · · · · · · · · ·

십 년 전, 채용 담당자가 되며 결정한 게 한 가지 있다.
우수한 인'재'를 K엔지니어링이 놓치게 하자. 대신 최악
의 인간을 찾자. 나처럼 '회사에 불이익을 끼치는 인간'
을. 그것으로 K엔지니어링의 기업 가치를 아주 조금이
나마 낮추자. 우리는 무엇보다 '엔지니어링 회사니까'.
공장도 기자재도 없는 우리의 유일한 재산은 '사람'이
니까. 물론 내 재량은 유한하다. 즉 1차 심사의 3분의 1
에 불과하다. 이 미미한 권한으로 회사에 최고의 복수를
하자.

그런데 실행하기가 아주 힘들었다. '무능한' 사람을

고르는 일은 '유능한' 사람을 고르는 것과 마찬가지이고 그런 일이 가능한 채용 담당자가 있으면 그거야말로 초 '유능한' 인간 '보물'일 것이다.

'무능'과 '유능'의 판단이 어려운 이유는 바로 판단 내리기 어렵기 때문이다. 가령 채용에 반년이라는 기간이 걸리고, 3주의 인턴 기간이 있더라도, 한 시간에 달하는 면접을 봐도 그 사람이 회사에 유익한지 아닌지는 십 년쯤 일해 보지 않으면 모른다. 갓 태어난 아기를 보고 이 아기가 장래 미인이 될지 아닐지를 판단하기가 거의 불가능에 가까운 거나 마찬가지다. 대체로 "아, 아들은 보통 엄마를 닮지. 틀림없이 예쁜 얼굴이 될 거야"라고 이중적인 불확실한 추정 또는 예의상 인사말을 근거로 판단할 뿐이다. 그것은 판단이라기보다 망상의 일종이다. 대졸 신입 채용은 원래 점이나 마찬가지다. 논리적인 점이라고 하는 표현이 가장 적합할 것이다. 그 본질은 도박이다.

도박이므로 대졸 신입 채용에는 성공도 실패도 없

다. 오십 명 전후가 입사하면 "아, 다행이다!" 라고 외치고 임무 완수다. 굳이 말하자면 '입사 삼 년 이내 퇴직률'은 경단련에 보고해야 해서 늘 신경을 쓰는 부분이다. 세상에서는 '삼 년 이내에 삼십 퍼센트가 그만둔다'라고 한다. 당시의 K엔지니어링은 삼 년 이내에 십 퍼센트 정도였다. 뭐니 뭐니 해도 안전 지향의 JTC(Japanese Traditional Company)였던 것이다.

그렇다고 채용 담당자가 '입사 삼 년 이내 퇴직률'을 책임지는 일은 전혀 없다. 퇴직 이유는 상사, 동료, 부하, 급여, 회사 분위기, 업무, 보람, 근무지, 병, 육아, 간병 등 다양하고 그중에는 채용 담당자가 혜안을 가졌다면 피할 수 있는 사례도 있었을 것이다. 그러나 그런 건 아무도 모르는 일이므로 예컨대 '입사 삼 년 이내 퇴직률'이 작년보다 조금 높아졌다고 해도 채용 담당자는 모른 척하면 그만이다. 그냥 "그런 시대가 되었네요!" 라고 한탄할 뿐이다.

젊은 직원의 퇴직과 함께 채용 담당자를 고민하게 만

드는 역설은 '유능한 사람일수록 빨리 그만둔다'라는 것이다. 동기 서열의 정점에서 '동기 전체 회식'을 발의하거나 젊은 직원은 강제로 참가해야 하는 '신입 총출동 대회'의 리더를 맡고 처음으로 사장상을 받는 계급들 말이다. 그들은 당시 채용 담당자가 고심하며 설득해 간신히 내정 거절을 막았을 텐데 우수한 탓에 쉽게 회사를 관둔다. 한편 서열의 밑바닥에 있던 나 같은 사람은 소리 소문 없이 근속 이십 년이 된다. 여기에 앞서 말한 역설이 등장한다. 바로 관두는 수재와 질질 근속하는 평범한 사원 중 도대체 누구를 선택하는 게 회사에 '좋은' 채용 담당자일까.

원치 않은 발령을 받고 인사부로 오고 2주 후, 나는 벌써 1차 면접 끝자리에 앉았다. 우선은 분위기를 파악한 다음 '선발 회의'에 참여하라는 것이다. 당시 내 나이는 취준생과 그리 차이가 나지 않았다.

정말 진지하게 눈앞의 취준생을 뽑을 건지 아닐지를 생각했다. '무능한' 인간을 선택해야 한다. 그러려면 평가 기준이 필요함을 깨달았다.

학력은 전혀 지표가 되지 못한다. 물론 과외 활동도 마찬가지다. 그렇다면 무뚝뚝한 녀석을 올릴까. 무례하고 불손하고 오만한 녀석을 올릴까. 괜찮은 생각이다. 처음부터 태도가 나쁜 녀석은 회사에 불이익을 끼칠 가능성이 높다.

문제는 도대체 이 나라에는 '무례한 취준생'이라는 게 존재하지 않는다는 것이다. 취준생들은 죄다 한껏 미소를 짓고 한시도 입 끝을 내리지 않아 엄청나게 좋은 인상을 남긴다. 내 한심한 인간 관찰력으로는 우열을 가릴 수 없었다.

그렇다면 '말투'는 어떨까. 지원자 A는 막힘이 없는데 B는 계속 말을 씹는다. C의 음량은 적절한데 D는 말이 잘 안 들린다. E의 말하는 속도는 딱 알맞은데 F는 너무 빠르다. G는 면접관의 눈을 보는데 H는 "어이, 여기 차!" 라는 말에 마음을 빼앗겼다. 즉 프레젠테이션 능력, 이거라면 우열을 가릴 수 있을지 모른다. 나도 포함해

'말투'가 나쁜 인간은 회사에 도움이 안 될 듯하다. 무엇보다 세상 사장들은 말을 다 잘하는 걸로 알려져 있다. 물론 말 잘하는 사람이 거물이 되는 건 아니나 대체로 거물은 말을 잘한다. 말을 못 하면 대체로 카리스마가 없으므로 레이와 시대의 마쓰시타 고노스케(마쓰시타 전기산업의 창업주로 일명 '경영의 신'으로 불리는 인물-역주) 또는 혼다 소이치로(혼다 자동차의 창업주. 역시 '경영의 신'으로 불리는 인물-역주)가 될 가능성은 거의 제로에 가깝다. 이걸로 '무능한' 인간을 거를 수 있겠다.

이 평가 기준은 단명했다.

"오노 씨, 남녀 비율을 잘 생각해야 해."

세 번째 '선발 회의' 후 주의를 받았다. 처음에는 '뭐?'라고 생각했는데 마침내 상사의 의도를 깨달았다.

내 세 번째 심사 결과를 보니, 내가 '합격'시킨 지원자, 즉 '말투'가 '나쁜' 상위 이십오 퍼센트 중 여자는 열 명 중 두 명밖에 되지 않았다. 남자는 구십 명 중 스물두 명이었다. 이러면 1차 심사의 배율은 여자는 다섯 배, 남

자는 네 배 미만이다. 지원자의 남녀 비율은 보통 9대 1
이다. 그럴 생각은 아니었는데 내 심사는 '남자에 치우
쳐 있다'라고 할 수 있다.

잊고 있었다. 성별이라는 규칙. 경쟁 배율에 남녀 차
가 생기면 안 된다. 천 명 가운데 백 명에게 내정을 내야
하므로 K엔지니어링의 최종 배율은 열 배다. 이게 남녀
에서 변동되면 안 된다.

이게 노력 목표가 아니라 의무인 이유는 그해부터 '에
후보시' 인정이 K엔지니어링의 지상 명령이 되었기 때
문이다. Female의 에프에서 유래한 '에후'와 별의 '보
시'를 붙여 '에후보시'는 노동성이 '여성이 활약하고 있
는' 기업에 주는 인정 제도인데 이를 취득하면 기업 홈
페이지나 명함 구석, 대졸 신입 채용 팸플릿에 금색 인
장과 함께 '에후보시' 마크를 새길 수 있다. '마도카 소
동'의 영향에서 벗어나 만회하려고 급히 취득에 나섰다.

인정 기업에는 여러 기준이 있다. 도달한 기준 수로
등급이 결정된다. '채용 시 경쟁 격차가 없다'라는 요인

은 수많은 기준 가운데 하나이다. 이게 K엔지니어링이 돌파할 수 있는 유일한 항목이다. 귀여운 얼굴인 것 치고는 상당히 빡센 '평균 근속연수'나 '관리직 비율', '평균 연봉' 같은 '에후보시'의 다른 기준을 충족하는 데는 울트라 구태의연 컴퍼니 K엔지니어링에는 무리였다. 그러므로 "채용할 때의 경쟁 격차가 없다"라는 부분을 사수해야만 한다. '에후보시' 인정은 연 단위로 책정되므로 성별 규칙은 K엔지니어링이 대졸 신입 채용을 멈추는 그날까지 이어질 것이다.

만에 하나 '경쟁 격차'가 벌어지면 2차 모집을 해야만 한다. 그러나 이건 마지막 카드다. 채용 업무에는 막대한 돈과 시간이 든다. 무엇보다 2차 모집은 최대한 피해야 한다고 생각하는 사람들은 다름 아니라 대졸 신입 채용팀이다. 건강검진과 마찬가지로 대졸 신입 채용은 일 년에 한 번이면 충분하다.

오노 씨, 남녀 비율을 잘 생각해야 해……. 너무나 자의적인 조정이다. 애당초 말의 숫자 자체가 적은 여성은 언제든 심사 레이스에서 뺄 수 있게 1차 심사에서는 살짝 느슨하게 뽑는 경향이 있다. 평등이라는 이름의 정의를 지키려고 채용 담당자는 평등과는 1만 광년 떨어진 곳에서 정의라고는 없는 척도를 휘두른다. 그렇지 않으면 자기 못자리를 파게 된다.

혹시 내 오감은 남자보다 여자의 '말투'를 더 높이 평가하는 경향이 있나. 그저 내가 같은 여자라 목소리 느낌이나 기타 요소가 나와 비슷해 무의식적으로 이야기가 잘 전달된다고 느끼는……걸까. 잘 모르겠으나 가능성이 없지는 않다. '말투'라는 게 눈에 보이지 않는 이상, 결국은 느낌의 문제가 되는 걸 도저히 피할 수 없다. 관찰자인 내 속성이 평가에 영향을 미칠 수 있다는 점에 감탄하고 말았다.

그렇다면 내 속성을 고려해 상대가 남자면 후하게 평가하고 여자는 엄격하게 할까. 그러면 '공정하고 객관적'일까. 그러나 현실적이지는 않다. 면접은 스포츠에서는 절대 있을 수 없는 남녀 혼성전이다. 눈앞에 있는 지원자 A와 B를 보고 순식간에 평가 기준을 바꿀 수는 없다. 무엇보다 복잡한 조건이 너무 많아지면 평가 기준으로 아름답지 않다. 그런 평가 기준은 신뢰 가치가 떨어진다.

이렇게 복잡한 생각이 필요할까. 적당히 하면 그만이다. 그야말로 느낌으로, 그냥 팍! 안 되겠다 싶은 녀석을 뽑으면 되지 않나. 그런 자문을 딱 한 번 했다. 그러나 복잡한 생각은, 필요하다. 우선, 나는 내 느낌을 전혀 믿지 않는다. 지금까지의 인생을 돌아보건대 내가 '이거다!'라고 직감한 건 대체로 빗나갔다. 두 번째로 나는 모든 걸 걸고 회사에 복수하고 싶었다. 철저하게 하지 않으면 성이 차지 않을 것이다.

그리고 세 번째. 나는 생각한다. 아무리 그래도 사람이 사람을 선별하는 일이다. 적당히 할 수는 없다.

내 머릿속에 '얼굴'이라는 단어가 번뜩인 것은, 그다음 주였다.

등잔 밑이 어둡다. 가만히 지원자의 얼굴을 바라보면서 도대체 뭘 평가 기준으로 삼으면 좋을지 생각하고 또 생각했다. 대답은 시야 한가운데 있었다.

우리는 어려서부터 사람을 외모로 판단해서는 안 된다고 배워왔다. 그런 배움의 영향으로 외모라는 평가 기준은 처음부터 뇌에서 지워버렸다. 사람을 외모로 판단해서는 안 된다는 생각. 그러나 안 그러는 사람이 있나.

사람을 외모로 판단해서는 안 된다면 우리는 왜 그토록 표정에 집착할까. 사람을 표정으로 판단하는 일은 대체로 긍정적인 평가를 받는다. 나는 이렇게 말한다. 표정도 어차피 외모라고. 먼 옛날, 시치고산(세 살, 다섯 살, 일곱 살이 된 어린아이의 성장을 축하하는 의식-역주) 때 사진관에서 혼난 적 있다. 내가 부루퉁한 표정을 짓고 있어서 사진사 아저씨가 호통을 친 것이다. 부루퉁했던 이유는 그날 입은 기모노가 무거웠기 때문이었는데 세 살이 아니라 일곱 살 때라 확실히 어른스럽게 보이지 않았을 것이다. 고작 일곱 살이었던 나는 깜짝 놀랐다. 그저 웃지 않았다는 이유만으로 어른은 이렇게 화를 내는구나.

　취준생은 모두 생글생글 웃는다. 연예 프로덕션 오디션도 아니므로 긴장했으면 긴장한 얼굴로 있는 게 보기에 더 편할 텐데 말이다. 웃는 얼굴이든 진지한 얼굴이든 인간의 머릿속은 블랙박스처럼 알 도리가 없는데 표정에 과도한 의미를 부여한다. 녀석은 그렇게 말을 잘하지 않아. 녀석의 이야기에서 얻을 수 있는 확실한 정보는 사실 하나도 없어. 그래도 우리는 숙명처럼 얼굴을 좋아한다. 얼굴 생김새(하드웨어)나 표정(소프트웨어)에 우리는 완전히 당하고 만다.

　새로운 평가 기준을 가슴에 품고 1차 면접에 임했다. 나중에 자신의 심사 결과를 확인하고 "으악!" 하고 충격에 몸을 젖혔다. 아니, 얼굴을 평가 기준으로 삼은 결과 남녀의 경쟁 비율이 딱 맞아떨어진 것이다. 소수점 두 자릿수까지 일치하는 게 아닌가. 상사는 신속하고도 얌전하게 개선해 낸 나를 보며 흡족해했다.

　이후로도 경쟁 배율에 걸릴 차이는 벌어지지 않았고

차이가 생기더라도 '에후보시'에는 저촉되지 않을 근소한 차이였다. 이 이백 회 이상에 달하는, 매번 불특정한 사람이 모이는 1차 면접에서 그것은 불변의 결과를 얻어왔다. 이때 나는 이 평가 기준의 위대함, 불변성, 정당함, 그리고 가장 의외였던 '평등성'에 감동받았다. 얼굴 성적에 남녀 차이는 없는 것이다. 이렇게 말하면 "너, 바보냐! 여자가 훨씬 아름답지!" 라며 헤드록을 당할지도 모르겠으나 열심히 얼굴만 살폈을 때 그곳에 젠더는 없었다. 잘생긴 사람은 잘생겼고 못난 사람은 못났다. 여자가 더 아름답다는 가치관을 지닌 사람이라면 그 사람은 틀림없이 보이스피싱 사기 피해자처럼 속아 온 것이다. 화장이나 피부 상태, 표정과 목소리, 태도 같은 사회적 요인에 의해 그리 보이는 것이다.

미의 수량화는 불가능하다고 보는 경향이 많은데 얼굴의 아름다움에는 다양한 평가 기준이 있다. 황금비율은 유명한 기준이지만 황금비율이라고 해도 여러 종류가 있다.

내가 '황금비율'로 삼은 것은, 정수로 완결되는 세로와 가로의 비율이다. 세로는 이마 끝에서 미간, 미간에서 코끝, 코끝에서 턱 끝이 삼등분이면 황금비율. 가로는 관자놀이에서 눈꼬리, 눈꼬리에서 눈앞, 눈앞에서 눈앞, 눈앞에서 눈꼬리, 눈꼬리에서 관자놀이까지가 오등분이면 황금비율이다. 소수점이 나오는 황금비율은 채택하지 않았다. 상당한 훈련을 쌓지 않으면 인간의 눈으로 소수점까지는 헤아릴 수 없다. 얼굴을 옆에서 봤을 때의 비율도 넣지 않았다. 면접 중 지원자의 얼굴은 항상 채용 담당자의 정면에 있다. 절대로 옆얼굴을 관찰할 수 없는 건 아니나 확실한 기회가 없기 때문이다.

얼굴 각 부분의 좋고 나쁨을 보지 않는다. 그러므로 쌍꺼풀이 있는 지원자가 외꺼풀보다 유리하다고 생각할지 모르나 내 앞에서는 몇 겹이라도 마찬가지다. 치열이 나빠 신경 쓸 수도 있으나 아무런 문제가 안 된다. 수염을 제대로 깎지 못해 제정신이 아닐 수도 있는데 평가 대상이 아니다. 오늘 아침은 화장이 안 받아 걱정일 수 있는데 걱정할 필요 없다. 내가 내리는 평가는 당신이 태아였을 때 정해진 상태로 결정한다.

물론 가슴이 아프다. 누가 봐도 높은 코, 날렵한 턱, 작은 얼굴을 지닌 지원자는 일 밀리미터도 평가되지 않는다. 이건 안타깝다. 취미라면 폭넓게 평가 기준을 마련해도 될 텐데 애석하게도 이건 일이다. 실용적이어야 한다. 1차 면접은 회당 이십 분, 한 사람당은 기껏해야 오분 정도이다.

평가 기준이 탄탄하면 다음은 그에 따라 측정하면 그만이다. 나는 이 황금비율에 미치지 '못하는' 상위 이십오 퍼센트를 올리면 된다. 나까지 포함해 보기 흉한 얼굴이 회사에 불이익을 끼칠 것이다.

깊은 생각 끝에 눈을 뜨니, 그곳에는 평소 일하는 사무실이 펼쳐져 있다. 자연스레 동료들의 얼굴이 눈에 들어온다.

보기 흉한 얼굴이 회사에 불이익을 끼칠 것이다.

정말 그럴까.

보건대 여기 있는 사람들은 다 회사에 도움이 안 될 것 같은데……. 이런 한심한 녀석들을 증강하는 게 내 본심일까. 얼른 그만두는 수재와 질질 근속연수를 늘리는 평범한 인간들. 전자와 후자 중 어느 쪽이 더 회사에 해가 될까. 나는 어떤가……? 다시 생각에 잠긴다. 기본 설계에 오류가 있어서는 안 된다.

일개 종업원이 회사에 미칠 수 있는 최대 손해는 무엇인가. 일신상의 이유로 퇴직하는 것이다. 인사부에 있으면 그 피해가 얼마나 막대한지 알게 된다. 회사가 한 사람을 고용하는 데 드는 노력을 고려하면 퇴직은 기르던 개에게 물리는 상황이다. 아니, 은혜를 원수로 갚는다고 해야 마땅할 짓이다. AI가 아닌 이상 인간에게는 돈이 드는데, 오늘날처럼 인력이 부족한 상황에서는 인간은 지극히 구하기 힘든 존재이다. 완벽한 악당이라면 사직해 주는 게 좋겠으나 그렇지 않은 대다수 종업원은 가령 평범하기 그지없는 인간이라도 계속 다녀주는 게 더 좋다. 평범은커녕 다소 열등하더라도 그만두지 않는 게 회사로서는 도움이 된다. 애당초 '일신상의 이유'라는 말은 '제멋대로'라는 뜻을 포함하며 고용된 몸으로 '일신상의 이유'란 존재하지 않는다. 회사원은 '회사 사정'에 따라 생물이기에 이번 달에도 월급이 이체되는 것이다.

이 역설로 말하자면, 부서의 에이스가 삼 년 근무하기보다 문제 사원이 삼십 년 근무하는 게 더 가치 있다고 할 수 있다. 어쩌면 당연한 말일지 모른다. 애당초 회사는 평범한 인간을 위해 만들어진 것이다. 그 증거로 지금도 여전히 많은 회사가 '근속연수'를 어마어마하게 높이 평가한다. 연가도, 퇴직금 지급액도, 실업 급여 기간도, 연금 수급액도 전부 '근속연수'와 비례한다. 여기에는 '파격'이라는 두 글자를 바치고 싶다. 나는 살 수 있다면 '근속연수'를 돈으로 사고 싶었다. 이는 '한 회사에서 오래 일해라'라는 하늘의 메시지이다.

그렇게 보면 얼굴과 퇴직률에는 일정한 상관관계가 있다. 이 회사의 퇴직자에는 잘생긴 사람이 많다. 그리고 회사에 남는 인간은 한심한 녀석뿐이다.

정년이 아니면 퇴직은 곧 이직이다. 인사부가 은밀히 수집하는 '이직처 목록'을 보면 대규모 화학 기업, 일류 상사, 관청부터 JICA 같은 국제 협력 단체까지, 여기에는 상당히 '의식이 높은' 집단이 나열된다. 이직하는 사람에게는 원래 성공 욕구가 있다. 그렇지 않으면 굳이 이직해야겠다는 생각이 싹트지도 않는다.

그렇다면 퇴직자의 얼굴이 잘생겼다는 사실은 지극히 당연하다. 잘생긴 얼굴이라면 이직처에서 '이 녀석과 함께 일하고 싶어(적어도 일상적으로 접하기에 힘들지는 않겠네)'라고 생각하기 쉽다. 그보다 잘생긴 얼굴이기에 이직을 두려워하지 않는다고도 말할 수 있다. 나 역시 내 얼굴이 화사한 엠마 왓슨 같았다면 당연히 뭔가 새로운 일을 시작하고 싶었을 것이다. 역시 여러 회사를 옮겨 다니며 홀로 여러 사람을 만나고 싶을 것이다.

한심한 녀석을 채용해도 한심한 녀석이 한심한 녀석으로 세대 교체될 뿐이다. 그래서는 그저 현상 유지일

뿐이다. 그보다는 '바로 그만두는 수재'를 하나라도 많이 채용하는 것. 그게 더 긴 안목으로 봤을 때 회사의 체력을 빼앗는 일이다. 물론 못생긴 사람이 이직할 때도 있는데 지금은 양자택일인 이상 아무리 근소해도 경향이 강한 쪽으로 항로를 트는 게 내 일이다. 나는 황금비율에 '해당하는' 지원자를 올리기로 결정했다. 예외를 일일이 고려해 봤자 합리적인 판단을 내릴 수 없다.

면접 중, 지원자의 얼굴을 차례로 응시한다. 지원자는 건너편에서 왼쪽부터 이름, 대학, 전공, 지원 동기, 기타 어필하고 싶은 부분을 간결하게 말한다. 처음 삼 년 동안 내 심사를 받은 지원자들은 상당히 무서웠을 것이다. 눈 한번 깜빡이지 않고 숨을 죽이고 가만히 얼굴 비율을 쟀으니까.

채용 담당자 이 년째가 되어 안경을 벗고 콘택트렌즈로 바꿨다. 안경을 쓰면 눈과 렌즈 사이에 거리가 생겨 형태가 일그러진다. 오 년째가 되자 전처럼 지원자의 얼굴을 응시하지 않게 되었다. 말하지 않을 때는 삼 초 정도만 보면 황금비율인지 아닌지 알 수 있게 되었다. 십일 년째인 지금은 한번 보면 안다. 매년 천 명 이상의 지원자를 봐서 총 일만 명 이상을 가늠하며 경험이 생겼다.

듀크 도고(애니메이션 「고르고 13」에 등장하는 유명한 저격수 캐릭터-역주)와 닮은 내 안광을 받은 지원자들은 허리를 꼿꼿이 편다. 내 관심은 얼굴 비율에만 있고 자세는 전혀 상관없는데. 그 눈은 마치 보이지 않는 걸 보려는 듯 보였을 수도 있다. 보이지 않는 것이란 지원자의 내면, 그것은 '이 회사가 제1지망입니다'라는 주장의 진위일 텐데 그런 실체도 없는 걸 찾는 거라면 이렇게 진지할 필요는 없다.

"오노 씨, 얼굴 채용은 안 돼요." 아무도 나를 말리지 않았다. 아무도 내가 그런 일을 하고 있는지 알아채지 못했다. 너무 들키지 않아서 오히려 이상했다. 학력이나 전공, 미소나 인사, 말하는 방식, 태도 등 결국은 자기주장에 불과한 '주력 학력'에는 과잉 반응하는 주제에 너무나도 또렷하게 제시되는 얼굴 비율에는 왜 그토록 모두 무관심할까. 선천적이라? 학생들은 잔뜩 보고 있으면 다른 요소도 대체로 선천적이다.

한편 아무도 내 얼굴 채용을 알아채지 못하는 것도 이해할 만한 이야기다. 내가 올리는 황금비율의 지원자들이 백이면 백 아이돌 같은 오라를 뿜어내는 건 아니다. 평균보다 잘생긴 얼굴이기는 하나 그렇다고 내일 당장 유명 연예 기획사인 쟈니스나 호리프로에 들어갈 만한 얼굴들은 아니다. 그 정도는 아니라 구직 중이다. 그보다 다른 사람들에게는 황금비율을 갖췄을 '뿐'인 얼굴들은 오히려 지루할지도 모르겠다. 도덕 교과서처럼 옳으나 지루한 것이다. 이목을 끄는 얼굴과 황금비율과는 상관관계가 있으나 역시 매력적인 얼굴에는 몇 가지 기준에서의 탈피, 혹은 개성이 필요한 모양이다.

그래도 황금비율은 강력하다. 내가 1차 심사에서 올린 지원자들은 2차 심사를 쉽게 통과했다. 2차 심사를 통과하면 사실상 내정이다. 한편 다른 채용 담당자가 올린 지원자들은 그 정도는 아니었다.

삼 년째 때 인사부장이 이 차이를 알아차렸다.

"오노 씨는 회사의 미래를 이해하고 있군. 회사가 필요로 하는 인'재'를 아주 잘 선택해."

소질이 있어. 앞으로도 잘 부탁해. 이게 무슨 소리란 말인가? 나는 얼굴로 채용하고 있을 뿐인데. 이렇게 인사부장의 마음에 들어 여러 번 전환 배치 대상이 되었는데도 십 년 이상이나 대졸 신입 채용팀에 자리를 잡은 것이다.

"오노 씨는 학생의 어떤 점을 봐?"

인사부장의 칭찬을 받으니 옆자리 복리 후생 담당자가 말을 걸었다. 근속 이십칠 년의 베테랑이다.

"요즘 구직은 너무 복잡한 거 같아. 내가 입사했을 때는 남자는 대학, 여자는 주소로 정했어. 여자는 회사 근처에 본가가 있으면 일단 떨어지지 않는다. 다음은 영어를 잘하면 유리하다거나? 지금은 안 그렇지?"

"오노는 종합적으로 사람을 본다고. 다각적으로 우리

회사에 어울리는지 판단해. 그건가? 여자의 감인가?"

주제넘게 나 대신 인사부장이 대답해 줘서 안심했다. 인간은 이토록 쉽게 착각하는구나.

종합적이라니, 이게 무슨 말도 안 되는 소리인가. 대졸 신입 채용에서는 어떤 분야에 특출난 스페셜리스트가 아니라 만사 유연한 제너럴리스트를 고용한다. '세계를 이끄는 엔지니어 집단'을 자부하는 K엔지니어링도 역시 '얼마나 가능성이 있는지를 보고 채용'한다. 대졸 신입 채용에서 '종합적'임을 부르짖는 이유는 이 가능성이란 걸 도무지 평가할 수 없기 때문이다.

슈퍼마켓에서 콘플레이크를 사면 상자 뒷면에 팔각형 그래프가 그려져 있다. 각 정점이 '철분' '식이섬유' '칼륨' '비타민B1' 등 읽기만 해도 결핍된 기분이 드는 영양소의 평가 기준이 되어 콘플레이크 한 그릇에 포함된 양이 가시화되어 있다. 다른 색으로는 '쌀밥' '빵'처럼 라이벌들의 수치도 나란히 기록하는 게 핵심이다. 콘플레이크 그래프는 유라시아 대륙처럼 넓고 라이벌들은 사이타마현 사이타마시처럼 작아 보인다. 인사부장 등은 이런 채점 이미지를 '종합적'이며 '다각적인' 평가라고 생각할지 모르겠으나 그건 큰 착각이다.

제너럴리스트의 평가는 불가피하게 일반적이다. 가능성의 평가는 그 자체가 가능성이다. 그러니까 모른다는 소리다. 만사에 유연한지 아닌지, 그런 걸 누가 알겠는가. 그러므로 채용 담당자는 온갖 평가 기준을 세우고 '종합적'이고 '다각적'이라고 외친다. 그러나 실제로는 애매한 평가 기준이 늘어날수록 '공정하고 객관적'과 당연히 멀어진다. 그야말로 '공정하고 객관적'인 평가는 콘플레이크 상자에나 있을 뿐이다(그건 그렇고 백미에도 나름 충분한 영양소가 있다고 생각한다). 슬프게도 우리가 "종합적으로 판단합니다"라고 말한다면 그건 실질적으로 "그냥 대충 결정합니다"라는 말이나 마찬가지다. 사실 채용 담당자는 "심사에 관한 문의에는 일절 대답할 수 없습니다"라고 앵무새처럼 말하는데 어린애도 아닌데 그런 잠꼬대 같은 소리를 하다니 정말 이상하다. 자기 판단을 대외적으로 설명할 수 없다는 건 그게 진정한 판단이 아니기 때문이다.

선택이 일인데 우리는 확실한 평가 기준을 하나도 가지고 있지 않다. 이거야말로 맨몸으로 전투에 나서는 거나 마찬가지다. 해마다 이 부분을 강하게 의식하게 되었다. 나나 다른 채용 담당자까지 누군가가 누군가를 판단할 때마다 이 야만스러움이 고스란히 느껴졌다.

장대한 계획에는 장대한 시간이 걸린다. 채용 담당 오년째가 되었을 때. 삼 년 전 내가 채용에 나선 시기부터 이미 이십 퍼센트가 이직했다.

"그만두는 사람이 많네."

"아, 그런 시대니까요."

한숨을 내쉬는 사람은 채용 담당자가 아니다. 종업원 퇴직을 막는 업무는 '노동 환경 개선팀'이다. 우리는 채용하면 "네! 끝났습니다!" 라고 끝이고 입사식 이후는 '신입 교육팀'이 담당한다. 생각해 보면 이처럼 무책임한 일도 없다.

삼 년 이내에 이십 퍼센트, 오십삼 명 가운데 열 명이 그만둔 건 K엔지니어링 사상 최대였다. 말할 것도 없이 나는 전율했다. 내가 뿌린 씨가 드디어 지금 싹을 틔웠다. 내가 의도한 방향으로 자랐다. 당연하게도 이 결과의 공을 전부 내게 돌릴 수 없다. 구십구 퍼센트는 "그런 시대니까"라는 말로 넘어간다. 이직하는 게 당연할 뿐만 아니라 FIRE라는 생활 방식이 대두하는 시대이다. 매년 새로운 세대와 가장 먼저 접하며 알게 된 일인데 '돌 위에서라도 삼 년'이라는 말은 정말 옛말이 되었다. '남편은 건강하게 집을 비우는 게 최고'라는 수준은 Z세대에게는 "어?" 정도의 개념이다. 오히려 구직 시장에서는 '제2의 대졸'이라는 틀이 존재해 '이직하고 삼 년 이내'도 신입으로 치는 게 정석이다.

그러나 나는 소름이 끼쳤다. 흥분에 배가 욱신욱신 쑤셨다. 이것은 '그런 시대'와 나의 협동 사업(컬래버레이션)이다. 내 힘은 미약하나 '그런 시대'는 나의 가장 강력한 후원자이다. 나는 촉매에 지나지 않으나 '그런 시대'

의 반응을 열심히 촉진하는 사람이다. 이런 경향이 계속되면 K엔지니어링의 쇠락은 시간 문제가 된다. 정말 꿈만 같다. 나를 위해 준비된 기막힌 꿈이다.

이후로도 '입사 삼 년 이내 퇴직률'은 계속 증가해 점점 더 세상의 '삼 년 이내 삼십 퍼센트'에 접근해 갔다. 젊은이뿐만 아니라 퇴직 자체가 눈에 띄게 늘었다. 옛날에는 '퇴직 인사' 메일은 일 년에 한 번 혹은 없었는데 지금은 몇 개월마다 받는다. 저출산 고령화와 마찬가지로 '그런 시대' 앞에서는 어떤 요소도 힘을 쓰지 못할 것이다.

퇴직률은 사내에서도 일급비밀이다. 자살 보도 지침과 마찬가지로 종업원의 잇따른 퇴직이 두렵기 때문이다. 그러나 인사부인 나는 얼마든지 볼 수 있다. 매년 퇴직률을 자주 찾아보는 게 연례행사가 되었다.

이 문제에는 경영진도 골머리를 앓으며 새로운 대책을 속속 내놓고 있다. 고정 야근비 적용을 삼 년 늦춘다. 유연 노동 시간 제도를 더 장려한다. 각종 갑질 문제 창

구를 개설한다. 안 하는 것보다야 낫겠으나 그런 대책은 언 발의 오줌누기이다. 왜냐? '그런 시대'니까. 다들 고생이 참 많다. '그런 시대'를 적으로 돌려야 하니까. 나는 무적이 된 기분이었다. 이런 부조리한 회사, 얼른 자연 도태되면 좋겠다.

그런데 이 문제는 대졸 신입 채용팀으로도 불똥이 튀었다. 많이 퇴사하면 처음부터 많이 뽑으면 된다고 생각한 것이다. 채용 인원을 기존의 오십에서 육십오 명으로 늘리고 채용 활동에도 주력하라는 호령이 떨어졌다. 지금으로부터 오 년 전 일이다.

인사부장의 명령에 따라 늘어난 채용 인원의 담당자가 된 사람이 바로 나였다. 지시 내용은 '취업계에서 K엔지니어링의 프레젠테이션 능력을 올릴 것'이었다. 매우 막연했다. 이런 건 지시라는 명목의 불평이다. 곰곰이 생각한 끝에 그해에는 팸플릿 쇄신에 주력하기로 했다.

오 년 동안의 채용 활동 경험에서 다음과 같은 교훈을 얻었다. 인간은 기대가 클수록 그 기대가 무너졌을 때 낙담도 크다. 그러므로 신입 사원을 조기 퇴직으로 이끌려면 입사할 때의 기대를 최고치로 높이는 게 효과적이다. 사실상 내정이라는 방식으로 가장 앞자리에 앉아 눈을 반짝반짝 빛내고 있는 녀석일수록 제일 먼저 회사를 버린다. '어, 저기에 저런 사람이 있었나?' 라고 느낄 정도로 존재감 없는 녀석이 질질 연차를 쌓아간다.

멍청이가 유일하게 외운 경구 마냥, K엔지니어링은 오랫동안 '세계를 엔지니어링으로 이끈다'라고 외쳐왔다. 나쁘지는 않으나 역시 낡았다. 내 일은 이런 기존의 반짝임 정도를 미러볼, 아니, 신성 수준으로까지 올리는 게 아니겠나? 어차피 할 바에는 어마어마한 거짓말이어야 한다. K엔지니어링에서 지금 당장 세계를 뛰어다니며 일하자! 너의 새로운 땅은 국경 너머에 있다. 자, 너의 능력을 내일, 세계에서 시험해 보자……. 열혈 혁명가처럼 취준생의 마음에 불을 확 지피고 싶다. 실제 직장에서 그런 멋진 일을 할 확률은 만에 하나 이하라도. 막상 회사원이 되었을 때 그 생태가 얼마나 심심하고 지루한지를 깨닫고 기대에 풍선처럼 부풀었던 신입 사원의 가슴이 단숨에 터져 버리길 바란다.

놀랍게도 대졸 신입 채용 팸플릿은 매년 채용 담당자가 직접 만든다. 채용 담당자의 독단과 편견으로 만들어진 엉터리 데이터를 아무런 의심 없이 인쇄소에 보내는 것이다. 그 완성도는 학교 축제 팸플릿을 좀 더 그럴듯하게 만든 정도다. 요즘 중고생이라면 더 제대로 만들 것이다.

그다음 주, 팸플릿을 외주 제작하겠다는 뜻을 담은 기획서 한 장을 인사부장에게 제출했다. 팸플릿에 프로의 시선을 넣고 싶다. 반짝이는 비즈니스맨의 얼굴이 어디 있으면 좋을까, 멋진 야경이 어떻게 펼쳐지면 좋을까, 가슴을 울리는 문장을 어디 놓으면 좋을까, 프로 팸플릿 제작자라면 알려줄 터이다. 예산만 떨어지면 카피라이터도 고용하고 싶다.

"아니, 이건 좀……."

인사부장은 자기가 직접 나를 지명한 주제에 예산을 요구하자 몸을 사렸다.

"팸플릿은 장식품 같은 거잖아? 핵심은 내용이지. 내용이 똑같다면 볼품이 얼마나 좋은지는 안 중요하잖아?"

어이, 어이, 어이! 센스라고는 눈곱만치도 없는 인사부장 녀석! 떠드는 입을 막아 버리고 싶었다. 핵심은 내용? 디자인은 아무래도 좋다고? 채용 활동의 본질을 전혀 이해하지 못하고 있다. 채용하는 쪽도 채용되는 쪽도 대졸 신입 채용은 어차피 이미지가 승부다. '볼품'이 가장 중요하다. 게다가 인사를 책임지는 자리에 있는 당신은 그런 바보 같은 소리는 안 하는 게 좋다고. 무엇보다 백만 엔 정도의 지출에 그리 짜게 굴 필요는 없잖아. 결과적으로 나는 예산을 따냈다.

사실, 백만 엔 정도는 단숨에 본전을 찾을 수 있는 금액이다. 채용 담당자는 데이터 작성에 매년 무지막지한 시간을 쓴다. "어라? 파워포인트에서 이런 테두리를 넣고 싶은데 뭔가 이미지가 다르네." "어라? 사진을 확대하니까 어쩐지 바보 같네." "어라? 줄 바꿈을 하니 어쩐지 문장이 이상해." 이렇게 한심하다. 제대로 된 전력도 안 되는 아마추어가 엉터리로 작업하기보다 익숙한 프로에게 맡기는 게 훨씬 좋은 건 불 보듯 빤하다.

팸플릿 제작자에게는 포스터도 동시 발주했다. 매년 포스터의 얼굴로 '인사부장 마음에 든' 남녀 직원을 한 명씩 선출했는데 그해는 과감하게 K엔지니어링과 인연이 전혀 없는 프로 모델을 기용했다. 포스터의 얼굴에 사원을 쓰라는 규정은 어디에도 없다. 가령 있다고 해도 촬영 당일만 위촉 사원으로 꾸미면 된다. 포스터 예산은 사후 승인되었는데 이렇게 팸플릿과 포스터가 쇄신되었다. 샘플을 든 내 손이 떨렸다. '역시 프로, 굉장한데……!' 감상은 이 한마디로 수렴되었다.

그해 지원자는 작년보다 삼십 퍼센트 늘었다. 홍보 수비 범위는 리쿠나비와 마이나비, 양사가 주최하는 합동 설명, 게다가 점 찍은 대학의 동문 방문까지 예년대로 시행했으므로 이 증가는 팸플릿과 포스터 쇄신에 따른 것이다. 필연적으로 내정자 중에 차지하는 황금비율의 수준도 올라갔다.

"올해는 큰 성공이야."

그 무렵 채용 담당자가 된 오타도 이 결과에 크게 기뻐했다. 당연히 고학력과 어학 능력이 있는 사람의 비율도 늘었기 때문이다.

"그건 그렇고 정말 비주얼이라는 게 중요하구나."

당연하지. 무슨 소리를 새삼스럽게…… 그게 진심이었으나 그냥 "그렇죠?" 라고 답했다.

우리가 내정식을 끝낸 직후였다. 경단련의 요청에 따라 식은 매년 10월 1일에 열린다. 식장 안에는 가뜩이나 인간의 기운, 게다가 그해에 채용한 육십팔 명 젊은이의 뜨거운 열기로 가득했는데 그 속에서 웃으며 잔뜩 떠들어야 했던 우리는 완전히 피로에 절고 말았다.

구두를 벗고 의자에 올라가 무대 옆 포스터를 뗐다.

광택 나는 종이에 인쇄된 특대형 포스터는 막 개봉된 할리우드 영화를 방불케 했다. 이름도 모르는 미남미녀 모델은 내년에도 'K엔지니어링의 얼굴'로 내정되었다.

채용 활동은 그냥 사기 행위다. 아무리 업무라 해도 우리는 매년 얼토당토않은 거짓말을 늘어놓는다. 그러면서 채용 담당자는 언제나 자신만만하다. 왜 그런가 하면, 숙련된 사기꾼일수록 늘 자신만만한 법이기 때문이다.

"정말이에요. 내용은 똑같은데 어떻게 보이느냐에 따라 이렇게 지원자가 늘다니?"

당시 팀의 최고 선임이었던 가토가 오타에게 동의를 구했다. 그 당시에는 아직 나카무라는 이전 팀에 있어서 우리 팀은 세 명 체제였다.

"이런 게 바로 여성만의 시점이라는 거겠죠."

나는 생긋, 칭찬받은 사람의 표정을 지었다. 나왔네. '여성만의 시점' 타령. 마음을 숨기고 정성스레 포스터를 돌돌 말았다. 내 시점은 완전히 다르다. 그 시점에 이름을 붙일 수는 없으나 그 시점이 뭔지 나만은 분명히 알고 있다.

내정식이 끝나고 해방감을 느낀 사람들은 오히려 채용 담당자들이다. 오후 6시가 되어서야 식장 뒷정리가 끝났다. 보통 우리는 이 작업이 끝나면 조촐한 위로의 자리를 가졌다. 한마디로 회식인데 그 해에도 역 앞 술집으로 직행했다. 직장 회식 같은 거 정말 별로였으나 바로 다음 채용 계획 이야기가 나오므로 반쯤은 업무였다.

회사 정면 입구를 통해 통로로 나왔을 때 예상치 못한 일을 겪었다. 세 사람 앞에 느닷없이 사람 그림자가 뛰쳐나온 것이다. 괴한이라고 생각해 "꺅!" 비명을 질렀다. 그림자는 바로 매달리는 자세를 취했다.

부탁합니다. 저를 이 회사에 취직시켜 주세요! 그림자는 그렇게 호소했다. 안 되면 2차 모집이라도 해주세요! 그 취준생은 1차 심사에서 떨어진 지원자였다.

나와 오타는 그 자리에 꼼짝 못 하고 있었는데 가토는

지금이 바로 아수라장임을 순식간에 간파했다. 가끔 그렇게 울며 매달리는 사람이 있어요. 가토는 나중에 회식 자리에서 말했다. 가토는 한 걸음 나서서 무릎을 꿇고 있는 취준생과 대면했다.

오늘은 애써 우리 회사까지 와 줬군요. 접수처에서 면담을 요청하면 되었을 텐데. 예. 이번에는 정말 유감이에요. 우리도 최대한 와 준 사람들을 다 채용하고 싶어요. 하지만 그럴 수가 없어서요……. 나와 오타가 가만히 응시하고 있는 가운데 가토는 이야기를 시작했다.

이런 일은 인연이에요. 혹시 당신은 이 회사가 아니면 안 된다거나 이 회사가 아니면 앞날이 캄캄하다고 생각할 수도 있어요. 그러나 그건 큰 착각입니다. 당신에게는 아직 당신도 모르는 기회가 많답니다. 취업만이 아니에요. 이 세상에는 이게 아니면 안 돼, 저게 아니면 안 된다는 건 없어요. 저도 이 회사가 1지망이 아니었어요. 당시는 거품 경제 최전성기 때라, 아! 삼십 년도 전 일이라 알까? 상학부를 졸업해서 아무래도 은행이나 증권사에 들어가고 싶었어요. 주위 사람도 다 그랬죠. 서른 개쯤 되는 회사에 지원했는데 저만 다 떨어졌어요. 그렇게 호경기인데 말이죠. 이 회사에는 울며불며 입사했는데 앞으로 십 년만 있으면 정년이네요. 아무래도 인연이었구나. 지금은 그렇게 생각해요.

평소에는 조용하고 해로울 게 전혀 없어 보이는 옆집 아저씨 같은 분위기의 가토였던 터라 평소와 다른 말투에 놀랐다. 오타였다면 경찰이라도 되는 양 취준생을 쫓아버렸을 것이다. 나였다면 사람을 잘못 본 척하고 도망쳤을 것이고 가토처럼 취준생을 설득하고 돌아가게 하지는 못했을 것이다.

"이번에는 인연이 되질 못했지만……."

우리는 역 쪽으로 돌아가는 취준생을 배웅했다.

인연이라. 여전히 두근대는 심장을 부여잡은 채 가토의 입에서 여러 차례 나온 '인연'의 힘에 압도되고 말았다. 그 말이 유일한 정답인 순간을 똑똑히 목격한 기분이었다.

채용 활동을 하고 있으면 반드시 접하는 말이 '인연'이다. '인연'에는 엄청난 설득력이 있어서 취업만이 아니라 이 세상 삼라만상을 전부 '인연'으로 설명할 수 있다. 그리고 이처럼 업보가 많은 말도 없다.

나는 한 번도 '인연'이라는 말을 써본 적 없다. 그런 채용 담당자는 전국 방방곡곡을 뒤져도 나 혼자 아닐까. 그러나 '인연'은 정말 편리한 단어이므로 기어이 의지하고 싶은 상황을 만난다. 특히 부정적인 상황이야말로 "이번에는 인연이 아니었네요" 같은 '인연'의 힘이 없으면 타개할 수 없을 것이다. '인연'으로 구원받은 사람은 그 취준생만이 아니다. 우리야말로 '인연'이 없으면 이 일을 해 먹을 수가 없다.

다음 날 아침, 내가 제일 먼저 한 일은 천 명에 달하는 지원자에게 불합격 통보(기원) 메일(불합격을 알리며 '귀하의 이후 활약을 기원합니다'라는 문구가 있어서 기원 메일이라고 부름-역주)을 보내는 일이었다. 10월 2일이다. 내정자들에게는 훨씬 전, 6월 1일 오전 9시에 '엄정한 심사 결과,

귀하의 채용을 내정했습니다'라는 내정 통보 메일을 보냈다. 이 '기원 메일'과 내정 통보 메일에 시간 차가 이토록 많이 나는 이유는 내정자들이 10월 1일 내정식에 와서 '입사 승인서'에 사인할 때까지는 불합격자들과도 정식으로 결별할 수 없기 때문이다. 얼마나 비겁한 짓인가. 무엇보다 이 시기까지 소식이 없으면 상대도 불합격임을 알고 있을 텐데 느닷없이 '내정되었습니다'라는 연락을 받으면 오히려 황당할 것이다. 그러므로 곧장 '지운 편지함'으로 갈 메일은 안 보내도 되겠으나 그래도 우리는 여전히 보내는 게 성의 있는 대응이라고 생각한다. 매년 송신 버튼을 클릭한 후 잠시 넋을 놓는다.

이 지원자들과는 인연이 없었다. 머릿속으로 그렇게 읊는다. 그러나 아무래도 석연치 않아 그 말은 봉인하기로 했다.

'인연'이라는 말을 꺼내면서 얼버무려지는 비릿함이 있다. '인연'으로 봉인되어 처박히는 깊은 죄가 있다. 그러므로 그런 건 '인연'일 수 없다. 다름 아닌 채용 담당자, 내가 바로 평가하지 않았나. 불완전한 일개 인간임에도 우리는 염라대왕이라도 되는 양 타인의 운명을 컨베이어벨트에 올려놓고 결정한다. 우리의 불가 판정이 우리 생각보다 깊은 영향을 상대에게 준다는 것. 좋은 영향도 나쁜 영향도 있겠으나 인간이 인간을 심판한다는 압박감은 여러 해 경험해도 내게는 이질적이기만 했다. 인간이 인간을 심판하는 것. 원래는 절대 있을 수 없는 일이다. 어젯밤처럼 취준생의 눈물을 본 날에는 진심으로 생각한다. 아아, 나는 절대로 곱게 죽지는 못하겠구나. 그게 네 직업이니 어쩔 수 없다는 말도 맞으나 적어도 나만은 이 업보에서 눈길을 돌리지는 않겠다. 불완전하다면 불완전하게, 정도에서 벗어났다면 그런대로 그러고 있다는 자각만큼은 지니겠다는 말이다. 그리고 절대 '그냥 대충' 사람을 뽑지 않겠다고 맹세한다. 취준생은 모두 필사적이다. 그러므로 취준생을 놓고 절대 대강 판단하지 않겠다. 곤란한 일이 생기면 죄다 '인연'을 들먹이며 책임을 전가하는 말도 하지 않겠다. 하지 않겠다기보다 절대 할 수 없다.

어젯밤 취준생의 이력서를 보고 천장을 올려다봤다. 그토록 K엔지니어링만 보고 달리는 사람이 입사하면 가토처럼 정년까지 우직하게 일할 가능성이 높다.

이봐. 당신이 불합격된 이유는 '인연' 때문이 아냐. 그런 말도 안 되는 이유가 아니라고. 불합격에는 확실한 이유가 있고 적어도 나는 그 이유를 당신에게 설명할 수 있어.

그 취준생은 황금비율이 아니었다. 지금부터 처분할 이력서를 보면서 내 설계(디자인)가 완벽하게 기능했음을 확인했다.

그 다음 주, 회사 홈페이지를 살펴 보고 전면적인 개선 필요성을 깨달았다. 원래 홈페이지는 홍보부가 관리하므로 상관할 바 아니나 그래서는 안 되었다. 이 구태의연한, 돈을 너무 안 들인 티가 나는 화면이 가장 중요한 '회사의 얼굴'인 것이다.

이봐, 홈페이지 담당이 누구야? 당장 찾아가 이렇게 말하지는 않았으나 미리 약속도 안 잡고 홍보실을 찾아가 계시를 받은 잔다르크처럼 느닷없이 할 일을 지시했다. 우리 홈페이지, 여기가 문제예요. 여기는 M화공과는 달라요. 여기를 더 강조하는 게 좋아요. 왜 국내 플랜트 사진만 있죠? 보세요. 해외 대형 안건 사진을 써요. 어차피 일 년 전이나 사반세기 전이나 실적은 같으니까 해외 안건을 강조하죠. 사원 소개도 새로 바꿨으면 좋겠어요. 힘드시면 제가 고를게요……. 무슨 테러리스트처럼 등장했는데 어느새 홍보부장도 가세했다.

"음. 확실히 오노 씨 말이 맞아. 앞으로 삼 년 이내에 어떻게든 고칠게요."

"삼 년 이내요? 그러면 너무 늦어요. 이 순간에도 전 인류가 보고 있다고요."

예로부터 등잔 밑이 어둡다고 했다. 모든 홍보 매체를 일류로 만들고 났더니 마지막으로 우리가 남았다. 만성적인 구직자 우세 시장이다. 우리가 학생들의 선택을 받아야 한다. 정장 전문점 간판처럼 세련되게. 겉모습만이라도 이상적인 상사의 모습을 구현할 것. 잘생긴 녀석이 필요하면 일단 내 신변 정리부터 해야 하는 법이다.

내 얼굴은 황금비율과는 거리가 멀어서 내가 지원하면 제일 먼저 떨어질 테지만 세련됨을 추구한다면 개선의 여지는 충분히 있다. 일단 'K엔지니어링의 아마미 유키'를 목표로 첫인상 개선에 노력했다. 취준생을 접하는 시기에는 매 주말 미용실에 갔고 인생 최초로 수제 정장을 맞췄다. 남몰래 외부 프레젠테이션 강습회에도 다녀 단점인 '발표력'을 극복하려 했다. 무엇보다 주의해야 할 점은 프레젠테이션 능력보다 굽은 등이었다.

그러나 팀인 이상 나만 세련되어서는 불충분했다. 이때부터 오타의 스킨헤드와 수염을 견제하는 발언을 시작했다. 그런데 "정말 비주얼이라는 게 중요하구나" 라고 인정한 주제에 자기 비주얼에 관해서는 "그런 건 나랑은 상관없어" 라는 태도라 어떻게 해볼 도리가 없다. 뭐, 예상했던 반응이다. 오타는 요즘 스킨케어에 열을 올리는 남학생을 보면 "저런 계집애 같은 녀석은 반드시 떨어뜨려야 해"라며 호기롭게 주장한다. 외모는 신경 써야 하는 부분이나 여성에게만 해당한다고 생각할 것이다.

"알겠습니다. 그렇게 본인 비주얼에 자신이 있었는지 몰랐네요."

가토는 의외로 협력해 주었다. 푸석푸석하고 엉성했던 머리를 인기 드라마「파트너」의 멋쟁이 형사 우쿄처럼 올백으로 넘기고 새로 장만한 사각형 안경테를 쓴 채 가만히 허공을 응시하면 그저 멍하니 있을 뿐인데 뭔가 연기 잘하는 조연 같은 분위기가 나는 게 아닌가. 조금 더 어깨가 벌어졌으면 '상무'라고 해도 넘어갔을 것이다.

영리를 추구하는 기업에서 현상 유지는 후퇴이다. 우리의 채용 활동은 진화를 거듭해 점점 더 취준생의 눈을 사로잡고 K엔지니어링의 '프레젠테이션 능력'도 향상될 것이다.

취준생이여! 우리 회사에 더 모여들어라. 우리 회사에 더 입사 지원서를 보내라. 1차 심사에 와라. 그리고 내가 추천할 황금비율의 제군들이여. 입사하자마자 바로 그만둬 버려라.

K엔지니어링이 '도쿄 증시 2부'에서 탈락한 것은 이 년 후의 일이다.

한 대형 안건의 공사가 크게 늦어졌는데 설계 도면을 맡은 K엔지니어링이 그 책임을 져야 했다. 공사 후반부가 되어 지주(支柱) 강도에 '계산 착오'가 발견되었기 때문이다. 지주는 건물의 기초 중 기초라 여기에서 NG가 떨어지면 그 위의 구조물은 다 NG가 된다. 대외적으로는 '지연'이었으나 실제로는 '처음부터 다시'였다.

대지진 전날 밤의 쥐들처럼 퇴직 물결이 일어났다.

"올해 대졸 신입 채용 담당자는 둘이 맡아줘."

그런 결정이 내려진 것은 그전과 후를 통틀어 그해뿐이었다. 원래 한 명이었던 '퇴직팀'에 가토가 응원차 가세했다. 퇴사하는 쪽은 "새로운 길을 찾고 싶어!" 라거나 "신천지" 혹은 "자신의 한계를 시험해 보고 싶어" 혹은 "인생은 한 번뿐"이라는 그럴듯한 말을 내뱉고 후련해할지 모르나 사람 하나가 회사를 관둘 때의 사무 절차는 상당히 까다롭다. 퇴직하는 쪽도 떠나는 사람 특유의 대충이 작동하는지 과거 직장의 인사 담당자에게는 성의 없이 대응하는 법이다.

"나 원, 그래도 두 사람이라니……."

이 결정에 오타는 대들었다.

"두 사람이면 왜 안 되는데?"

"주관적인 심사가 되고 말아요."

고개를 돌려 오타를 보고 말았다. 이 자식, 지금 무슨 소릴 지껄이고 있지? 그리고 웃음을 터뜨릴 뻔했다.

"그래? 두 사람으로는 객관성을 확보하기 힘들까……?"

인사부장은 "세 사람은 모여야 문수보살과 같은 지혜가 나온다" 라는 이상한 말을 꺼내더니 오타와 함께 "그래, 그래" 라며 생각하기 시작했다. 도무지 왜 고민하는

지 이유를 모르겠네. 애당초 '객관성'은 사람 수에 달린 게 아니다. 아니, 천이냐 만이냐를 놓고 저러면 모르겠는데 둘이냐 셋이냐를 놓고 저러다니. 나는 "지시에 따르겠습니다"라고만 말하고 내 자리로 돌아왔다.

이 퇴직 물결에 올라탄 사람은 총 마흔아홉 명으로 전체 종업원의 오 퍼센트에 해당한다. 한 걸음, 한 걸음 회사가 파멸을 향해 나아가고 있다는 사실에 온몸이 부르르 떨렸다. 그리고 그 퇴직자의 면면을 보면…… 확실히 황금비율인 경향이 강했다.

인사부장과 오타의 열띤 토론이 벌어졌고 싸움에 패배한 오타는 불쾌한 듯 자리에 털썩 앉았다. 요란하게 혀를 차는 통에 주위 사원은 겁을 먹고 나도 오싹오싹했다. 더 해라. 그렇게 생각했다. 인력이 부족해 직장 분위기가 아슬아슬하다. 저마다 짜증스러운 상태이다. 이런 게 바로 몰락의 징조, '깨진 창 이론'이다. 사람이 하나 퇴사하는 일은 단순히 '전체에서 마이너스 일'이 아니다.

그해 지원자는 천 정도였다. 예상에 반해 천을 밑돌지 않았는데 '지망 동기'를 밝히는 취준생의 패기가 현저히 낮다. 채용 규모도 삼십 퍼센트 줄어 사십오 명. 결국 처음으로 돌아왔다. 몰락하는 회사답게 방침이 계속 바뀐다. 이게 한 회사가 끝나는 전주곡이라는 것이다.

K엔지니어링의 사업 실패는 이번이 처음은 아니다. '도쿄 증시 2부 탈락'도 드디어 모회사와 은행들의 버림을 받았기 때문인데 그런데도 바퀴벌레처럼 계속 상장 기업을 유지한 이유는 한 투자회사의 지원을 받았기 때문이다.

그 회사가 FED(Future Energy Development)였다. 지금까지 K엔지니어링과 전혀 거래가 없던 회사인데 이 FED가 K엔지니어링의 경영에 개입하기 시작했다.

우선 K엔지니어링은 인원 정리가 필요해졌다. 구태의연한 전형적 '쇼와 시대 대기업'이니까. 우리 회사가 사상 최초의 '구조조정'에 들어간 것은 FED의 지시 때문이었다. 종업원을 현재의 팔십 퍼센트로 줄여야 한다는 게 FED가 무려 백억을 출자하는 조건 가운데 하나였다.

　다음 해, 이번에는 내게 새로운 업무가 더해졌다.

　"커리어 어드바이저가 되어 주게."

　"네?"

　"오노는 사람 보는 눈이 있잖아. 부장들 상담을 받아줘."

　낡은 회사답게 아무리 어려운 상황이라도 이 회사가 지금까지 구조조정에 나서지 않은 이유는 '사원과 그 가족의 생활을 지킨다'라는 생각을 첫 번째 신조로 삼았기 때문인데 이번 구조조정에서는 부서마다 잘라야 할 인원수가 정해져 있었다.

　"저는 그런 경험이 없는데요."

　"괜찮아. 오노는 사람 보는 눈이 있으니까. 다른 사람에게는 없는 육감이 있잖아?"

　내가 무당이라도 된 줄 알았다.

　"그런 능력에는 연차도 상관없다고. 우리 부장들은 부하를 자른 경험이 한 번도 없어서. 이거라도 읽어 봐."

인사부장이 보낸 열 통 정도의 메일을 읽어 보니 부장들은 정말 곤란한 듯했다. 그토록 퇴직 방지를 외치던 몇 년 전이 마치 거짓말 같았다.

지시대로 일단은 세상의 지침서(『구조조정의 길잡이~유능한 사람과 무능한 사람을 구별하는 방법』 PTP출판)를 펼쳤다.

우리 부장들은 부하를 자른 경험이 한 번도 없어서.

목차의 '제9장. 상대에게 상처를 주지 않고 해고를 알리는 방법'을 보다가 손길이 멈췄다.

우리 부장들은 부하를 자른 적이 한 번도 없어? 거짓말쟁이들. 거짓말쟁이, 거짓말쟁이, 거짓말쟁이! 나를 잘랐잖아! 대놓고 '회사에 불이익을 끼치는 사람'이라고 했잖아! 포장에 포 자도 없지 않았나? 그런 짓을 해 놓고 다른 부하는 가족이나 마찬가지라며 자기 독단으로는 자를 수 없다고?

곤란에 빠진 부장들에게 재빨리 메일로 대응한다. 곧바로 '개별 면담' 일정이 잡혔고 그대로 회의실을 예약

한다.

회사에 불이익을 끼치는 사람……. 끔찍하게도 가슴이 심하게 두근거렸다. 최대한 떠올리지 않으려고 노력하며 살았다. 면담에 앞서 한 가지 조건을 달았다. 지금 구조조정 후보로 거론되는 부하의 이력서를 보내라. 물론 얼굴 사진이 꼭 첨부되어 있어야 한다.

고속으로 메일을 보내면서 수없이 자신을 다독였다. 이건 생각지도 못한 기회야. 이 회사의 기업 가치를, 더, 더욱 내릴 수 있어.

세키네와 아다치 중 고민이라면 세키네를 자르라고 조언하자 재무부장은 당혹해했다.

"아니, 그렇지만 세키네는 아들이 사립대를 다니는데…."

예상대로였다고 해야 하나 "내 독단으로는 자를 수 없어~"라고 징징대는 부장들은 우유부단을 넘어서 이런 자식들이 어떻게 부장이 됐나 싶은 수준이었다.

"그러면 아다치 씨로 하시죠?"

"아니, 그렇지만 아다치는 딸이 영국 유학 중이라……."

결정할 마음이 없구나. 짜증이 솟구쳤으나 이게 바로 '도쿄 증시 2부 탈락' 기업의 실태이다. 오랜 느슨한 업무 태도가 몸에 배어 있다.

사진을 보면 구조조정 후보에 오른 만큼 둘 다 전혀 황금비율은 아니었다. 사전에 실물을 보러 갔는데 우열을 가릴 여지도 없었다. 물론 조금이라도 회사에 유익할 쪽을 자를 심산이다. 그러나 그저 그런 직원들 가운데 뽑힌 인물들이라는 대전제로 보건대 누구나 업무 능력은 그저 그랬다. 더불어 부장이 이렇게 상의하러 올 정도이니 그저 그런 차이가 아주 근소하다.

재무부장이 결정을 도통 못 내려 내가 주사위를 던졌다.

"그러면 공평하게 둘 다 자르죠."

"뭐?"

갑자기 눈을 희번덕거렸다.

"그럴 수는 없지!"

'개별 상담'도 다섯 번째가 되면 되레 화를 내는 이런 일 정도는 예상했다. '커리어 어드바이저'가 아니라 '구조조정 강사'인 셈이다.

우물쭈물 아무것도 결정하지 못하는 재무부장이 한심하면서도 그 깊은 고뇌는 이해할 수 있었다. 인간이 인간을 선택하고 버리는 압박감은 보통이 아니다. 그러므로 우리에게는 황금비율이 필요하다. 그러지 않으면 인간의 우열은 절대 나눌 수 없다. 이 평가 기준이 화학식처럼 명쾌한 허구일지라도 상황이 여기까지 오면 그것이 옳은지 그른지는 상관할 바 아니다.

이봐요. 재무부장님. 스스로 선택하면 안 된다고요. 스스로 선택하면 그 결과는 평생 당신을 따라다닐 거예요. 그 결과를 앞으로 평생 안고 가야 한다고요. 당신도 나도 그만큼 강하지 않아요.

내가 할 수 있는 일은 딱 하나다. 일 밀리미터라도 황금비율에 가까운 사람을 자른다. 그게 일 밀리미터라도 회사에 불이익을 줄 가능성이 크다.

시계를 보니 이미 예정한 삼십 분을 넘겼다. 그래도 결정하지 못한다면 이렇게 말하는 수밖에 없다.

"그러면 부장님이 그만두시는 건 어때요?"

한 박자 쉬고 바로 말을 이었다.

"물론 최종 판단은 부장님 본인이 하셔야 합니다. 다만 인사부로서는 세키네 씨라고 생각합니다."

인사부로서……. 부장들은 바로 이 말을 원한다. 나중에 "인사부에서 그렇게 말해서"라고 도망칠 수 있기 때문이다.

"알았네. 인사부가 그렇게 판단한다는 거지."

그렇다고 하니 재무부장은 돌아갔다. 십중팔구, 이로써 세키네가 사라질 것이다.

망설이지 않았다. 누군가의 승인도 필요하지 않았다. 그것은, 굳이 말하자면 강함이라고 말해도 좋다.

구조조정 대상 백이십 명을 다 정했을 무렵, 무슨 일인지 FED가 내게 직접 연락해 왔다.

바로 FED가 있는 회의실로 향한다. K엔지니어링 본

사에 FED 일당이 상주한 이후로 그 'FED실'은 '아지트'로 불렸다. 그곳에 출입하는 사람은 모두 '곤 사장(과거 닛산의 대표로 와서 자금을 유출하고 도망간 브라질 출신 기업가 카를로스 곤-역주)' 스타일이었다.

"오노 씨는 이전에 이 안건의 일원이었나요?"

상대는 곤 사장과는 다른 흔한 샐러리맨 같은 분위기였다.

"현재, 이 안건을 다시 검토하고 있어요."

당황했다. 당연히 구조조정이나 대졸 신입 채용 안건일 줄 알았다.

'이 안건'은 이바라키현 Y하라에 파일럿 플랜트를 건설하는 것으로, '세계 최초'로 암모니아 제조 공정을 상업화하는 시금석이다. 'H'를 위해 탄화수소 계열 가스를 이용하는 기존 공정에서는 'C'가 배출되므로 '친환경적'일 수 없다. 새로운 공정에서는 탄화수소 계열 가스 대신 물을 이용해 'C'가 배출되지 않으므로 '친환경적'이다……. 인사부 사람인 주제에 묘하게 말을 잘하네. 당연하다. 이 재생 에너지 안건은 나도 팀 일원으로서 성심성의껏 대응했던 일이니까. Boys be ambitious라는 말을 믿고 눈을 반짝이던 신입 프로세스 엔지니어로서.

"아시는 대로 Y하라는 중단 중이라……."

회사의 재무 상황 악화로 시공사 T전력와 M상사의 JV(Joint Venture)가 이 안건에 '스톱'을 걸었다. '세계에 자랑할 수 있는 엔지니어링'도 '사회에 지속 가능성을 실현하는 기술'도 자기 자본 비율이 십 퍼센트를 밑돌면 다 공염불에 불과하다. 한편 FED가 이 회사에 관심을 가진 이유도 이 안건이 있었기 때문이다. Y하라를 성공시키면 이 회사는 다시 살아남을 수 있다.

"재무 상황은 일시적인 문제입니다. 내년이나 내후년이면 다시 괜찮아질 겁니다. 그러면 JV도 재개 명령을 내리겠죠. 그보다 지금 더 중요한 점은 이 안건을 어떻게든 수주하는 겁니다."

원래 Y하라는 수의 계약이었는데 지금 JV는 K엔지니어링 대신 새로운 계약자(contractor)를 찾고 있다. 즉 경쟁 입찰에 들어간다는 얘기다.

"여기까지 와서 다른 회사에 빼앗길 수는 없죠. 일단 내용을 더 새롭게 해 JV를 공략할 생각입니다. 지금 내부 인원도 대폭 늘리고 있고……."

감탄했다. 다들 외부인들을 무척 싫어하는데 오히려 근근이 연명하려는 사원보다 더 열정적이고 진정으로 K엔지니어링을 다시 일으켜 세울 듯 보인다. 그러나 비전 운운하는 이 열의를 견디기 힘들었다. 게다가 연달아 'Y하라'라는 말을 들으니 심장 박동이 더 빨라진다. 첫 번째 'Y하라'만으로도 충분히 수명이 줄어들었을 것이다. 취준생이 Y하라, Y하라라고 어필할 때마다 늘 심장이 아팠다. Y하라는 지난 십 년간 K엔지니어링이 키워왔고 처음부터 사운을 건 핵심 안건이었다.

그때 '마도카' 사건만 없었으면 나도 지금 담당자였을 것이다.

"제일 먼저 오노 씨에게 묻고 싶은 건 당시 설계의 바탕이 된 라이센서……."

곤이 내게 데스크톱 모니터를 보여주려는데 그보다 먼저 눈을 내리깔았다.

"저, 너무 오래된 일이라."

가만히 내 손을 바라봤다.

"지금 바로 대답할 필요는 없습니다. 일단 돌아가고, 다음에……."

"당시 일은 전혀 기억나지 않아요. 저는 인사부 사람이라서요."

가토의 퇴직을 알게 된 건 내정식이 끝난 직후였다.

"다음 달부터 새로운 사람이 올 거야. 비즈니스 글로벌……뭐라더라, 그런 부서 사람이야."

목소리가 뒤집힐 정도로 놀랐다. 그 내정식으로 사용된 식장을 복구(책상을 모으고 의자를 접는)하는 작업이 가토와 한 마지막 일이었다.

"오노 씨는 사람과 눈을 감고 대화한 적 있어?"

"네?"

무슨 소리냐고 물으며 다음 의자를 접었다.

"실은 면접 때 오노 씨가 너무 뚫어지게 봐서 긴장했다는 사람이 여럿 있어서."

가토는 분주하게 움직이며 말했다.

"진지하게 학생과 마주하는 일은 중요해. 그래도 긴장해서 하고 싶은 말을 다 하지 못하거나 괜한 부담을 받으면 학생이 불쌍하잖아."

그런 얘기였어? 계속해서 의자를 접어 나갔다. 긴장해도 부담이 되어도 얼굴 비율에는 변함이 없으므로 문제될 건 없다. 게다가 그 무렵에는 아직 내 눈이 훈련되어 있지 않아서 '뚫어지게' 보지 않으면 안 되었다. 요즘에는 그런 민원은 받지 않는다.

"저보다 오타 씨가 더 무서울 것 같은데요?"

가토가 웃었다.

"난 학생이 열심히 떠들 때는 딴 데를 보거나 눈을 감아. 가끔 존다는 오해를 받기도 하지만. 종종 사람의 눈을 보고 말해라, 사람의 눈을 보며 이야기를 들으라고들

하는데 그 정도는 자유롭게 해도 되지 않을까?”

그 후, 가토가 구조조정 대상이 되었음을 알았다.

딱 한 번, 면접 중에 눈을 감아본 적 있다. 안 그래도 취준생의 이야기는 전혀 안 들으므로 눈을 감으면 말소리는 라디오도 아닌 배경 소리가 된다.

그렇게 생각하다가 퍼뜩 눈을 떴다. 사람은 목소리만 들으면 아무것도 확실한 게 없었다. 유령에 가까운 존재감이었다. 이야기 내용보다 모습을 보자고 생각했다. 헛것보다 물질이 중요하다. 가토의 귀는 다르게 생각했을까.

보고 있으면 그 자리에는 자신과 마찬가지로 대단할 게 없는 인간이 앉아 열심히 입을 움직이고 있다. 아주 냉정해질 수 있다.

◆ ◆ ◆ ◆ ◆ ◆ ◆ ◆ ◆ ◆ ◆ ◆ ◆

그리하여 올해 나는 채용 담당 십일 년 차가 되었다. 나와 오타, 나카무라 셋이라는 팀원으로 이 년째이다.

"그래도 이노우에 씨는 우리 회사에 정말 열의가 있어요. 전기 설계의 스즈키 씨 후배이기도 하고요. 대학 2학년 때부터 졸업한 선배를 찾아다녀서 이미 우리 회사를 잘 알더라고요."

"단순한 제스처일 뿐이야. 이 사람, 인턴은 M화공에서 했어."

"학회 일정과 겹쳐서 그랬던 거예요. 제가 다 확인해봤어요. 정말 겹쳤더라고요."

이쯤 되면 너는 형사냐고 묻고 싶을 지경이었는데 이노우에의 합격을 둘러싼 논의는 끝날 기미가 없다. 나카무라는 긍정, 오타는 부정적인 의견이다. 이 둘은 정말 궁합이 안 맞는다고 해야 하나, 취향이 정반대라 성가시다.

불가사의하기까지 하다. 사람들은 어떻게 자기가 생각하는 '좋고 나쁨'을 이토록 과신할 수 있을까. 백년도 안 되는 평생을 헤매기만 하는 일개 개인이면서. 조금의 의심도 없이 자기의 '좋고 나쁨'을 들이대는 두 사람이 희귀한 짐승처럼 보였다.

"어차피 학회는 노는 거잖아. 박사에 올라가는 사람이 나 열심인 거지."

"그렇지 않아요. 이노우에 씨는 일 년 전부터 준비해서 당일은 영어로 발표했어요."

"그래? 영어를 잘해?"

이러쿵저러쿵 아무리 떠들어도 끝이 없다. 인간이란 외모로 판단하면 충분하다.

"오노 씨는 어떻게 생각해?"

이제는 논의가 평행선을 달리면 내게 화제를 돌리는 게 무슨 빤한 드라마의 결말 같은 흐름이 되었다.

"이노우에 씨는 올려야 한다고 생각해요."

황금비율이므로.

최종적으로 이노우에의 합격 여부는 오타가 자발적으로 뜻을 꺾었다. 겉보기에는 다수결에 밀린 듯 보였으나 진정한 이유는 시각이 오후 10시가 다 되어 가고 있었기 때문이다. 우리는 이른 아침 7시에 도쿄 빅 사이트에 집결해야 한다. 올해 두 번째 대규모 합동 설명회가 있다. 다마에 사는 오타는 먼 길이라 이른 기상이 걱정되었을 것이다.

"엄정한 심사 결과……"라고 떠드는데 실제 심사의 장은 이 모양이다.

오타는 얼른 귀가했다. 나는 1차 심사를 통과한 지원자들에게 2차 면접 안내 메일을 보내고 퇴근한다. 나카무라는 이력서 파일링과 2차 면접 일정을 조정하고 돌아간다. 물을 끼얹은 듯 조용한 집무실에서 나카무라의 목소리가 울렸다.

"오노 씨는 잘생긴 얼굴의 학생을 좋아하시죠?"

메일 대상을 다시 확인하고 있던 중이었다. 받는 사람의 이름과 대학 도메인을 좇던 눈이 그 자리에 멈췄다.

"……그런가?"

고개를 돌려 나카무라를 본다. 인사부장이 제 맘대로

떠들고 다녀서 '오노는 종합적으로 학생을 본다'라는 평가를 받아왔다. 하필 나카무라가 알아차릴 줄이야.

"그냥 오노 씨가 추천하는 학생은 다들 얼굴이 단정하더라고요."

나카무라는 이력서를 정리 중이었다. 합격한 얼굴과 불합격한 얼굴을 비교하다가 절로 깨달았을 것이다.

"역시 외모는 어느 정도 내면을 드러내는 걸까요?"

"글쎄." 모호하게 대답하고 만다. 사실 별 다른 생각도 관심도 없다.

"그러고 보니 T대생 말이에요."

나카무라는 이력서 한 장을 보며 싱긋 웃었다.

"정말 못생겼어요."

그 한 장을 툭 '불합격' 상자에 던졌다. 이 T대생. 오타는 추천했는데 나랑 나카무라가 떨어뜨린 지원자다. 갑자기 오한에 시달리며 갑자기 나카무라가 낯선 사람처럼 느껴졌다.

정말 못생겼어요. 나도 그렇게 생각했다. 그래서 당연

히 바로 시선을 뗐다.

나카무라는 삼십 분쯤 뒤에 퇴근했다. 쓸데없이 조명이 너무 밝다. 이 층 창문으로 회사 정면 입구를 보니 야간이라 제일 먼저 내 얼굴이 보였다.

오노 씨는 잘생긴 얼굴을 좋아한다. 나카무라의 말이 다 맞다. 그러나 실제로는 내가 좋아하는 게 아니라 모두가 좋아한다. 오히려 내가 더 놀랄 정도로 사람들은 다 황금비율에 푹 빠지고 만다. 그렇잖아?

나카무라로 보이는 그림자가 정면 입구를 나간다. 밖은 완전히 캄캄해 바로 보이지 않는다.

몇 년 전인가, 저 통로에 취준생이 튀어나온 적이 있다. 그 취준생은 울었다. 왜 이렇게 잊지 못할까.

한 길만 걸어 온 나는 틀림없이 무방비일 것이다. 그림자는 그 언제처럼 간청할 수도 있으나 그렇지 않을 수도 있다. 그 취준생이 진짜 '이해'했을지 당신이 어떻게 알지?

만약 어둠 속에 그 얼굴이 보인다면 그 얼굴은 '상당

히 못생긴' 얼굴일 것이다. 얼굴은 하나가 아니라 수백, 수천이다. 그리고 당연히 바로 시선을 돌릴 테니까 나는 내 얼굴이 더는 얼굴이 아닌 무언가로 바뀌는 순간을 끝내 알아차리지 못할 것이다.

다음 날 아침, 우리는 합동 설명회 자리에 있다. 4월 첫째 주이다. 새 학기를 맞아 한 학년 올라간 취준생들은 새 학기는 자신과 상관없다는 듯 줄줄이 회장으로 밀려든다. 빠른 학생은 이미 1차 심사를 끝냈겠으나 구직은 막 시작되었을 뿐이다. 우리 회사의 입사 지원서도 이달 말이 마감이다.

"우리 기술은 인류의 지속 가능성에 꼭 필요한 것……."

이번에는 나카무라가 회사를 설명할 차례였다. 나카무라는 프레젠테이션의 달인이다.

"우리의 중요 과제(materiality)는 새로운 에너지 체인의 구축과……."

십 분 정도 지났을 때 내 시선은 가장 뒷줄에 앉은 한 사람에 못 박혔다.

너무나 평범한 취준생이었다. 그런데 말쑥한 아르마니 제품 정장을 입고 있어서 이채를 발하고 있다. 최근 몇 년 열심히 정장을 사러 다닌 덕분에 바로 알아봤다. 게다가 약간 머리도 푸석푸석하고 자주 스마트폰을 만지는 듯 보였는데 3월이 아니라 4월 합동 연설 자리에는 이런 느긋한 태도의 취준생도 있기 마련이다.

처음 내 시선을 끈 이유는 나카무라가 그 취준생을 신경 썼기 때문이다. 힐끔힐끔 주의를 기울였다. 한편 나카무라의 시선을 따라 시선을 옮기던 나는 다른 이유에서 이 취준생을 응시하게 되었다. 어디선가 본 것 같았다.

뭐지? 이 데자뷔 같은 느낌은? 설명회가 끝날 무렵에야 그 정체를 깨달았다. 누군가와 닮았다고 생각했는데 그 얼굴은 전에 우리 회사에 있었던 임원을 빼닮은 게 아닌가.

나카무라에게 물어볼 수 있었다. 나카무라, 아까 저기

구석에 있던 학생, 엄청나게 신경 쓰지 않았어? 그러나 나는 묻지 않았다.

회사로 돌아가야 할 무렵, 나카무라가 화장실에 간 사이에 오타에게 물었다.

"오늘 오전 프레젠테이션에서 이전 임원과 정말 닮은 학생 못 보셨어요? 하시구치 이사였나? 여기 앉아 있었는데."

실제 파이프 의자를 가리켰다.

"그런 사람이 있었어?"

"있었어요. 정말 하시구치 이사 자체인 듯한 사람이요. 하시구치 이사는 아세요?"

"그야 알지⋯⋯. 그런데 그런 사람은 못 봤어."

오타는 천연덕스럽게 대답하고 "내일 프레젠테이션까지 괜찮을까?"라며 남은 자료를 세기 시작했다. 어라, 나만 봤나? 그렇게 빼닮았는데. 늘 사람 얼굴만 봐서 별 의미도 없는 부분까지 보게 되었나?

회사에 가서 조사해 보니 하시구치 이사가 퇴직한 건

오 년 전이었다. 나이 쉰둘 때로 이제 슬슬 사장이 될 거라는 소문이 돌 무렵이었다. 그 사람만 이후 '도쿄 증시 2부 탈락' 사태가 벌어지고 FED가 시키는 대로 움직여야 할 운명을 간파했다는 말인가.

이후 경력을 파악하고는 저도 모르게 주위를 살폈다. 하시구치 전 이사의 이직 회사는 경제산업성의 모 재생 에너지 부문이었다. 여기까지는 좋다. 더 놀라운 일은 Y하라의 '총책임자'가 하시구치 전 이사, 바로 그 사람이었다. 좁은 세계라고들 하나 이렇게 좁을 줄이야.

또 Y하라인가……. 이 회사에 있는 한 Y하라와 인연을 끊고 지낼 수 없나. 표면상 민간사업이지만 이른바 Y하라는 국책사업인지라 음으로 양으로 국가가 관여한다. 사실 전력회사도 반쯤은 국영 아닌가.

예상대로 도급회사 선정은 입찰이 되었다. 그래도 FED가 전력을 다한 게 효과를 봤는지 새로 경쟁에 뛰어든 다른 두 회사를 물리치고 입찰을 따낸 게 바로 지난달이다.

그때 '마도카' 얘기만 안 했으면……. 인생을 다시 시작하기 위해 일단 죽고 싶다. 이렇게 Y하라가 다시 실현되는 게 생각보다 힘들었다. 도쿄 빅 사이트에서 이런 애송이나 상대하고 있다니, 도대체 나는 지금 무슨 일을 하고 있나.

하시구치 전 이사의 얼굴에 인상이 남았던 이유는 최근 Y하라 건으로 각종 신문과 잡지에 등장했기 때문이다. '니케이 비즈니스' 지난 호들을 뒤지다가 '오호!' 하고 눈썹을 치켜올렸다. 하시구치의 얼굴은 배우처럼 단정했다. 역시 황금비율은 쉽게 이직하는 경향이 있는 것이다. 오십에 임원이라면 꽤 출세한 편인데 한 단계 더 높은 '성공'을 원한 것이다.

사진을 보니 그 아르마니와 닮았다는 게 더 결정적 사실이 되었다. 아르마니의 개인 정보를 조사했다. 그 QR 코드 앙케트 결과를 찾아본 것이다. 아르마니의 입장 번호를 기억하고 있다.

이름은 마치다 유다이, P대, 4학년, 커뮤니케이션 인

텔리전시 학부. 입학하고 졸업 (예정) 연도까지 이 년 길다. 아마 재수나 유급, 유학이나 건강상의 이유일 것이다. '회사 설명 감상'은 5등급 중 다 '3'. '질문과 기타'는 보통 '특별히 없음'이라고 적는데 아예 빈칸이다. 이 회답으로 보건대 우리 회사에 대한 마치다의 열의는 상당히 희박하다.

기대가 어긋났다. 이렇게 얼굴이 닮았으니 당연히 부자지간이라고 생각해 하시구치 아무개이리라고 추측했다. 그랬다면 스캔들이 될 것이다. 사실상 발주처 대표가 도급회사에 아들을 들여보낸다……. 문제는 발주처가 관공서라는 점에서 아웃이다. 그러나 다 내 망상이었다. 그저 무지하게 닮은 사람이었을 뿐이다. 우리 회사에 지원할 마음도 없어 보였고 그냥 간 보러 왔을 것이다.

다 잊고 있을 무렵, 마치다 유다이의 입사 지원서가 도착했다.

입사 지원서는 좋지도 나쁘지도 않은, 무난한 인상이었다. 세간에는 입사 지원서 첨삭을 생업으로 삼는 사람도 있으므로 내용은 상관없다. 마치다의 1차 면접은 4월 말로 잡혀 있었다.

인사부는 흥신소가 아니나 상황에 따라서는 더 악질이다. 나는 직권을 남용해 하시구치의 전처 성이 '마치다'임을 알아냈다.

우리 회사 임원은 의무적으로 '비상 연락처 목록'을 제출한다. 사내 서버를 열심히 뒤졌더니 휴지통 폴더에 과거 목록이 있었다. 담당자는 휴지통에 버린 걸로 삭제했다고 생각했을 것이다. 개인 정보임이 분명했으나 비서실에 태연히 패스워드를 물었더니 시원하게 알려줬다. 이래 보여도 '인사부의 오노'로 십 년 넘게 근무하지 않았는가.

최신판에는 '마치다'의 '마' 자도 없었으나 초판까지 거슬러 올라가니 홀연히 나타났다. 여섯 건이 등록되어 있는데 위에서부터 친아버지, 삼촌, 친어머니, 아내, 친

누나 둘이 나열되어 있었다. 바로 '아내'에 아주 정성스레 '처녀 때 성 마치다'라는 주석이 있었다. 하시구치가 이혼한 사실은 널리 알려져 있다.

'아내'의 시외 번호는 간사이 모처였다. 마치다가 졸업한 'U대 부속 고교'도 이곳에서 다닐 수 있다. 헛기침을 한번 하고 여전히 내 옆에 앉아 있는 복리 후생 담당자, 근속 삼십오 년에 달하는 베테랑에게 조용히 물었다.

"전에 하시구치 이사라고 있지 않았나요?"

"그랬지."

너무 반응이 좋다 싶었는데 마침 동기라고 한다.

"그거 있잖아요. 전 부인과는, 별거였다고……?"

개도 물지 않을 사내 가십에 고개를 들이밀 날이 올 줄이야. 아니나 다를까 근속 삼십오 년은 모르는 게 없었다. 하시구치 전 이사의 첫 결혼과 이혼을 둘러싼 일대 서사시가 그후 한 시간에 걸쳐 이야기되었다.

두 사람은 부자 관계였구나. 하시구치는 이미 K엔지

니어링 사람이 아니고 '마치다 유다이'와 지금은 실질적
인 부자 관계가 아닐지 모르겠으나 혹시 마치다가 당당
하게 입사하면 이건 기업 윤리 위반이라고 해야 하나,
발주자와 수주자의 관계로 문제는 없을까. 그러나 JV의
의향은 곧 하시구치의 의향이다.

우리 회사의 기업 윤리가 시험대에 오르는 순간이다.
상황 증거에 불과하다고 해도 인사부장과 상의해야 할
까. 그러나 냉정하게 생각하면 당황한 사람은 나뿐일지
모른다. 그냥 둘이 아주 닮았고 우연히 내 눈에 든 데 불
과하다. 전혀 닮지 않은 부자지간도 많다.

아니면 나 몰래 이런 부정 채용이 자주 있었을까……?

나카무라가 내 앞에 앉았다. 금방 종이컵에 타 온 커
피를 쏟아 자료를 다 망쳐놓고도 "아! 컴퓨터는 무사하
다!"라며 안도하는 모습에 내 확신은 더 강해졌다.

이 자식도 부정 채용 아닐까.

아무리 생각해도 나카무라는 출세 코스를 탈 인물이
아니다. 애당초 간부 후보라는 게 일본 7대 불가사의였

는데 이게 인맥이라면 이해가 간다. 무엇보다 이 합동 설명회가 있던 날, 나카무라가 마치다에게 던졌던 이해할 수 없는 시선. 나카무라는 자기가 부정 채용 당사자라 뒤이어 들어오는 부정 채용자를 돕는 게 아닐까? 어떤 계보와 이어져 있을지는 모르겠으나 틀림없이 사내에는 프리메이슨 같은 비밀결사가 있다. 생각해 보면 '심사에 관한 자료 일체는 심사 후 일 년 이내에 파기한다'라는 규칙도 너무 성급하지 않나.

호기심은 고양이를 죽인다는 말이 있다. 그러나 나는 고양이가 아니므로 괜한 호기심을 부린다고 해서 위험해지지는 않을 것이다.

근무 시간이 끝난 후, 평소 이용하지 않는 역에서 내려 사반세기 만에 전화 부스에 들어갔다. 십 엔 동전이 없다는 걸 깨닫고 급히 편의점에서 잔돈을 구했다. '비상 연락처 목록'에 있는 번호로 마치다 댁에 전화를 걸었다.

『여보세요. 마치다입니다.』

받았다! 직감적으로 도우미 같았다. 이게 범죄일까? 궁금증이 들었으나 거짓 신원을 밝히고 물었다.

"마치다 리카코 씨 댁인가요?"

일 분 후에 당사자가 받았다.

『오래 기다리셨어요. 마치다입니다.』

고상한 목소리였다. 간사이 방면 억양인데 어디 사투리인지 모르겠다.

『K엔지니어링 분이신가요?』

전화받은 목소리는 짐작하는 바가 있는 듯했다. 이 사람은 도대체 어떤 얼굴일까. 황금비율일까, 아닐까? 군침을 꿀꺽 삼켰다.

단숨에 말했다.

"밤늦게 전화를 드려 정말 죄송합니다. 저는 K엔지니어링에서 채용 담당자로 일하는 사토라고 합니다. 오늘 회사 설명회가 있었는데 휴대전화가 떨어져 있었습니다. 회장에 두고 간 걸 알면 본인이 전화를 걸지 몰라 어쩔 수 없이 휴대전화 화면을 확인했는데 바탕 화면이 P

대 캠퍼스였어요. 네. 그 분수요. 오늘 온 학생 중에 P대 재학생은 마치다 님뿐이어서 실례인 줄 알면서도 전화 했습니다. 네. 저희는 지망 학생들에게 임의로 긴급 연락처도 묻고 있습니다."

잠수하기 전과 같은 긴 숨소리.

"재차 실례인 줄 알지만, 요즘 스마트폰은 지갑만큼이나 중요한 물건이라. 시기적으로 마치다 님의 구직 활동에도 지장을 줄 우려가 있어서 짐작 가는 데가 있으시면 어머님이 확인해 보시는 게 좋을 듯하여."

『아, 그러세요? 유다이라면.』

리카코는 싱거울 정도로 쉽게 입을 열었다.

『이런 시기에 스마트폰을 잃어버리다니, 정말 조심스럽지 못했네요. 일부러 연락해 주셔서 정말 감사해요. 그 아이는 늘 정신을 놓을 때가 많아서요. 제가 아들에게 연락할게요. 아, 네. 집 전화도 있어서요. 그러니 부디 잠시만 보관해 주세요.』

"알겠습니다. 만약을 대비해 확인하겠습니다. 성함

은…… 마치다 유다이 님이시죠?"

『네. 마치다 유다이입니다.』

"수컷 웅에 클 대죠?"

『맞아요.』

확실하다. 그 녀석은 하시구치 전 이사의 아들이다.

수화기를 내려놓고 한참 넋을 놓고 있었다. 묻는 대로 시원스레 아들의 이름을 대는 부모. '조심스럽지 못하다'라고 했는데 당신이 훨씬 개인 정보 의식이 낮네요.

이런 게 부정 채용인가. 현실을 직면하고 비로소 너무나 인간다운 실태에 흥이 깨지고 말았다. 왜 굳이 그런 짓을 할까? 그 정도로 유다이가 못 나서? 우리 회사가 내년에는 도쿄 증시 '프라임'이 될 수도 있어서? 구직 활동 자체가 미덥지 않아서? 가장 큰 이유는 그 무엇도 아닌 듯했다. 자기 아들을 사랑하는 게 어떤 건지 모른다. 그러므로 이 자체가 망상일 수 있겠으나 그냥 일방적인 애정일 것이다. 자기가 사랑하는 사람을 지키려는 마음은 비겁하지도 옹졸하지 않다. 당연하고 솔직한 마음이다. 수화기를 통해 옳고 그름을 넘어선 힘이 강렬하게 전해졌다. 전화 부스를 나왔다.

역 앞으로 돌아온다. 익숙한 주변 풍경이 이국처럼 아주 새롭게 비친다. 스캔들을 알게 되었다는 마음에 발걸음이 빨라졌다가도 느려진다.

이게 드러나면 누구나 K엔지니어링이 Y하라를 입찰한 근거를 의심할 것이다. 무엇보다 우리는 최저 가격으로 입찰가를 내지 않았다고 들었다. 재무 상황이 좋지도 않은 상황에서 어떻게 상대를 이겼는지 의문이었는데 새삼 FED 일이 떠올랐다. 다른 회사에 빼앗길 수는 없지요……. 녀석들, 뭐든 하겠다는 위태로움이 있었다. '로비 활동'이라는 이름으로 입찰을 '따내기' 위해서는 무슨 짓이라도 할 듯한. 온몸이 근질거렸다. '세계를 이끄는 엔지니어 집단'이라면 가진 기술과 액면 그대로의 숫자로 대결하라고!

빨간 신호에서 하늘을 올려다봤다. 도심 하늘에 반짝이는 별은 없다. 하늘이 흐린 것일까. 아니면 내 눈이 텅

비어 버린 걸까.

상대가 취준생이든 도급업자이든 살아 있는 인간에게 정당한 판단은 무리다. 그것은 생각보다 우리와 먼 곳에 있다. 그러나 살아 있어도 조심하면 정당한 판단은 할 수 있다. 숫자를 갖는 것이다. 그리고 어떻게 사용할지를 열정적으로 생각하는 것이다.

퍼뜩 정신을 차리니 파란 불이 깜빡이고 있었다.

4월도 말이 되면 1차 면접은 후반부를 맞는다. 가장 바쁠 때는 한 조에 다섯 명이 되기도 하는데 이 무렵이면 한 조에 세 명일 때도 드물지 않다.

마치다는 합동 연설 때와는 달리 구깃구깃한 아르마니를 입고 나타났다.

"우리 회사를 지망한 이유는 뭔가요?"

"아…… 이 회사 기술력에 관심이 있어서요."

"그렇군. 그래, 그래!"

나카무라는 격렬하게 동의했다.

"다른 회사에도 지원했나요?"

"아……. 이 회사가 제1지망입니다."

마치다의 대답은 무기력 자체였고 면접관과 눈을 마주치려고도 하지 않는 태도는 오히려 신선했다.

"학업 외에 열심히 한 게 있나요?"

"아뇨. 별로……."

오타가 이제 끝이라는 태도로 다음 학생에게 질문하려는데 나카무라가 막고 나섰다.

"아르바이트는 안 했나요?"

내 예상이 맞았네. 나카무라가 마음에 든 학생에게 질문 공세를 펼치는 일은 통상적인 행동에 해당하는데 그 대상이 마치다 같은 녀석이라니 전대미문의 일이다.

K엔지니어링은 심사에 참여한 모든 지원자에게 무조건 교통비와 숙박비를 주는, 그야말로 양심적인 회사다. '간토 지역은 안 돼'라고 하거나 '비용은 3천 엔 이상부터'라는 구두쇠 같은 소리도 하지 않는다. 1차 면접 후 대기실로 돌아간 지원자들에게는 정산 작업이 기다리

고 있다.

이 자리를 노려 덫을 놓았다. 마치다의 봉투에서 일부러 5백 엔 동전을 뺀 것이다. 마치다는 도내에서 자취하므로 교통비는 왕복 6백4십 엔이다.

엄청나게 긴장했는데 마치다는 금액이 부족하다는 사실을 바로 알아차렸다. 조그만 목소리로 "어라, 5백 엔……" 이라고 속삭이듯 반응하자마자 하녀라도 되는 양 한걸음에 마치다에게 달려가 정중하게 실수를 인정하고 잠시 기다려달라고 전했다.

같은 팀의 둘을 배웅하고 곧장 대기실 문을 벌컥 열었다. 히데요시의 중국 침공 수준의 신속함에 마치다는 어리둥절해하며 스마트폰에서 고개를 들었다.

"정말 실례했습니다. 지금 확인해 보세요."

마치다는 영수증에 사인하고 얼른 일어났다. 그 틈을 놓치지 않고 물었다.

"마치다 씨는 우리 회사에 지인이 있나요?"

"지……."

갑자기 마치다가 고개를 돌려 버렸다.

"지인이요?"

완전히 동요하고 말았으리라. 종전의 아나키 보이 같은 심드렁한 태도는 어디론가 날아가 버리고 마치다는 금세 여유를 잃어버렸다. 이토록 드러내놓고 낭패하는 모습을 보니 절대 들키지 않으리라는 자신감이 있었던 모양인가. 성만 바꾸면 아무도 모를 줄 알았나. 유감스럽게도 인간의 얼굴은 이름보다 수십 배나 더 크게 웅변한다.

여기서는 과감하게 도박해 보기로 했다.

"예를 들어 가족 중에 우리 회사 사람이 있다거나. 의외로 그런 학생분들이 있어요. 마치다 씨는 오늘 처음 회사에 오셨는데 아주 차분해 보이셔서요."

완벽한 미소를 짓는다. 마치다의 얼굴이 더 굳어진다.

"저, 저는 따로 그런 사람은 없어요."

어라, 이 자식, 시치미를 떼겠다……? 의외로 배짱이 있네. 아무래도 이 부정 채용은 당사자들에게도 찜찜한

행위로 인지되고 있는 듯하다.

엘리베이터 앞에서 마주 서서 마치다의 다음 발언을 기다린다. 저, 얼마 전에 본가에 이상한 전화가 왔었는데……. 이봐요. 마치다 씨. 확인 안 하시나요? 오히려 엄마가 입 다물라고 했나? 아니면 엄마에게 아무 말도 못 들었나? 사실, 그 가짜 전화에 후일담은 없었다. 추궁이 있을 법도 한데 지금까지 불온한 침묵이 이어졌다. 지금의 나와 마치다처럼.

마치다는 아무 말 없이 엘리베이터를 기다렸다.

"마치다 씨. Y하라라는 안건을 아시나요?"

"네?"

"새로운 암모니아 파일럿 플랜트(Pilot plant, 새로운 생산 기술을 적용하거나 적은 양의 신기술 기반 제품을 생산하는 상업화 이전 생산 시스템-역주)입니다."

내가 꺼낸 얘기에 오히려 내가 놀랐다. Y하라 건을 스스로 먼저 다른 사람에게 하다니.

"네. 몰라요. 아뇨. 압니다. 네. 들은 적 있습니다."

아는 거야, 모르는 거야? 팔을 뻗어 엘리베이터 문이 닫히지 않도록 막았다. 나도 취준생이었을 때 이렇게 어색하게 엘리베이터에 올라탔을 것이다.

"그, 그거요. 그거, 정말 대단해요. 신기술이죠."

"실은, 그 플랜트 배수량을 제가 계산했어요. 배수 구멍의 사이즈를 정하려고요. 배수량은 플랜트의 소변 같은 건데, 뭐라고 해야 좋을까요, 결국 빗물의 양이 중요했죠. 네. 신기술과는 아무 관련이 없는 얘기죠."

내가 빠르게 줄줄 말하자, 마치다는 어떻게 반응할지 몰랐고 엘리베이터 문은 그대로 닫혔다. 큰일났다. "조심해서 돌아가세요"라는 말을 하지 않았다. 그러나 그런 일쯤은 어찌 되든 상관없었다. 갑자기 눈시울이 뜨거워지고 긴 장대비 풍경이 떠올랐다.

'선발 회의'는 오후 7시에 시작되었다.

"마치다 씨는 올리죠. 밝은 인품이 아주 좋았어요. 충실한 학창 생활을 보낸 것 같고요."

예상대로 나카무라는 마치다를 절찬했다.

"그렇게 밝은 사람이었나? 어른스러운 인상이었는데."

"그, 그랬나요?"

드문 내 지적에 나카무라는 불의의 일격을 당한 듯했다.

"그룹 토론에서도 한마디도 안 했잖아? 셋뿐이었는데."

"그야 협동심이 있어서 그렇죠. 혼자만 떠드는 학생보다 훨씬 장래성이 있어요."

"과외 활동도 두드러진 게 없었잖아? 바로 그만둔 가정 교사밖에 더 있었나?"

"아니, 효율적이고 열심히 지도해서 학생의 성적이 바로 올랐죠. 바로 결과가 나와서 한 달 만에 끝났다고요."

"난 마치다는 필요 없는 것 같은데."

역시 예상대로 오타는 부정적이었다. P대는 고학력은 아니다.

"그렇게 나약한 녀석은 쓸모가 없어."

"아뇨. 그렇지 않아요. 우리 회사가 1지망이라고 똑바로 말했잖아요. 다른 학생과 달리 미심쩍은 부분이 없었다고요. 자신이 우리 회사의 일원이라는 이미지가 이미 분명했다고요."

그야 그렇겠지. 열세가 되자 나카무라는 필사적이었다. 이렇게 되면 '삼십 분 이상은 다수결'이라는 원칙도 무시하고 마치다가 '합격'이 될 때까지 계속 물고 늘어질 게 분명하다. 혹시 이 순간을 위해 나카무라가 이 부서로 온 게 아닐까.

여기서 갑자기 '스캔들'을 발표하면 어떻게 될까…….나카무라는 역시 시치미를 뗄까. 오타는 틀림없이 반발할 것이다. 나와 마찬가지로 인맥 같은 거 하나 없이 누구의 편애도 받지 못했으며 프리메이슨의 일원도 아닌 오타다. 내 눈에 흙이 들어가기 전까지 부정 채용은 있을 수 없다……. 오타의 분노가 폭발할 게 불 보듯 빤했다.

이 일이 만천하에 드러나면 K엔지니어링은 다시 불

구덩이가 될 것이다. '마도카' 때와는 비교할 수도 없는 사태가 될 것이다. 우리 회사만이 아니다. FED도 그의 관공서도 다 휘말린다. 최악의 경우 'Y하라'는 백지화된다.

죽을 만큼 소름이 돋았다.

마치다의 합격 여부는 일시 보류하고 다음 지원자로 넘어갔다.

밤의 창에 내 얼굴이 비친다. 저도 모르게 그대로 눈을 감는다. 후회하지 않을까. 반드시 후회하겠지. 심장에 손을 얹으니 놀랍도록 가슴이 뛰고 있다.

비로소 날아오를 듯했다. 이 회사의 아킬레스건을 잡았다. 이겼다고 생각했다. 이는 내 십 년간의 복수에 응하는 다이너마이트이다. 십 년 전, 나는 '회사에 불이익을 끼칠 사람'이라는 소리를 들었다. 하루도 잊지 못했다. 인사부로 이동했을 때 그만뒀어야 했다. 하지만 그 말을 들은 탓에 더, 죽어도 그만둘 수 없었다.

오타가 화장실에 간 사이 내가 포문을 열었다.

"나카무라."

"왜요?"

"아까 마치다 씨, 처음부터 알았죠?"

나카무라의 눈이 크게 벌어졌다.

"뭐, 뭘요?"

"Y하라와 함께 수주한 거죠?"

나카무라는 말을 잇지 못했다. 나를 천리안을 지닌 사람으로 생각했을까. '다른 사람에게는 없는 육감'이라도 있다고? 그렇게 생각했다면 마음대로 해라.

"그건 FED가……."

나카무라가 말을 꺼내려 하는데 그때 3백 그램쯤 가벼워진 오타가 돌아와 논의가 재개되었다. 역시 FED의 '로비 활동'이란 말인가. 녀석들, 어차피 투자회사다. 시대의 흐름을 가지고 노는 게임을 할 거면 다른 데서 즐기라고.

오후 8시 반에 찬반이 갈린 마치다 이야기로 돌아왔다.

이 천재일우의 기회를 그냥 날리려 하고 있다. 그러나 이 회사의 몰락은 우연의 산물이 아니다. 내가 디자인한 결과다. 행운은 즐겁다. 그러나 행운을 덥석 무는 건 엔지니어가 아니다.

마치다의 얼굴은 완벽한 황금비율이다.

"마치다 씨는 올려야 한다고 생각해요."

똑똑히 말했다. 나중에 내정식에서 마치다와 재회하면 피차 어색할 것이다. 그때는 맞다. '인연'이라는 말을 쓰기로 하자. "인연이었네요" 라고 새침하게 말하자. 이 한마디로 모든 게 흐지부지된다. 바라건대 그것이 내가 입 밖에 내는 최초이자 최후의 '인연'이기를 바란다.

대문자 T 인간의 장대한 복수극

어떤 상황에도 불변의 수치를 지닌 '황금비율'과 인간
의 삼라만상을 한마디로 갈무리할 수 있는 '인연'이 만
났다. 절대불변과 임기응변이라는 정반대의 속성을 지
닌 이 두 단어가 화학 반응을 일으키며 우리는 한 번도
경험하지 못하는 세계로 융해되어 들어간다.

화학을 끔찍이 좋아하는 논리정연한 주인공 오노는
대쪽 같은 희망대로 엔지니어링 회사의 핵심 부서에 취
업하는 데 성공해 앞으로 엔지니어로 세계를 이끈다는

꿈에 부풀어 있었으나 아주 사소한 해프닝 탓에 내부 고발자로 몰려 인사부로 좌천된다.

해명할 기회조차 주지 않은 채 명목상으로는 '인사부가 여성의 시점을 더 활용할 수 있다'라는 이유로 인사부 대졸 신입 채용팀으로 이동된 오노는 뼈아픈 절망을 곱씹으며 조용히 한 가지 계획을 세운다. 자신이 쥔 미약하나 유일한 검, 채용을 이용해 이 회사를 망하게 하겠다고 결심한 것이다.

상사가 자신을 쫓아내며 '회사에 불이익을 끼치는 사람'이라고 했던 말이 열쇠가 된다. 그렇다! "회사에 불이익을 끼칠 사람을 채용하자!" 회사에 불이익을 끼칠 사람이란 과연 어떤 사람일까? 치밀하고 논리적인(?) 숙고 끝에 오노는 단 하나, 불변의 기준을 세우는 데 성공하고 십여 년의 시간에 걸쳐 서서히 회사를 궁지로 몰아넣는다.

작품의 무대는 인간이 인간을 선택하는 인사부 채용

팀이다. 작가는 인간이 인간을 선택하는 건 결단코 가능하지 않다는 문제의식에서 이 작품을 구상하기 시작했다. 지나치게 합리적이고 논리정연한 여주인공 캐릭터는 채용 과정이 드러내는 애매모호한 성격을 더 강력하게 드러내기 위한 장치이다.

게다가 주인공 오노는 얼굴로 사람을 뽑아서는 안 된다고 하면서도 사실 태도나 표정 등 온갖 방법을 동원해 얼굴에 가산점을 주는 현실을 비웃듯, 대놓고 얼굴 비율을 평가 기준으로 삼는다. 그리고 그 기준이 정교하게 기능하며 벌어지는 사태에 공정하고 객관적이라고 주장하는 온갖 기준이 사실은 그저 주관적인 감상에 불과함이 극명하게 드러난다.

회사라는 조직은 각 개인의 행동이 모여 결과를 이뤄내는 곳이다. 오노의 복수는 깊은 원한에서 비롯되었으나 일개인의 영향이 너무 미미하고 또 오노 특유의 논리적이고 성실한 성격 탓에 복수를 실행하는 데는 장대한 시간이 필요하다.

여기서 우리의 웃음 버튼이 눌린다. 이 깊은 원한을 이 사소한 방법으로 이토록 긴 시간을 들여 끝내 성공으로 이끄는 그 성실함에 감탄하며 실소한다. 여기저기 키득키득, 깔깔거릴 장면과 만난다. 주인공의 사뭇 진지한 탐구가 우리를 유쾌하게 만들고 그 틈틈이 작가가 내미는 날카로운 현실 의식에 허를 찔린다.

마지막 주인공은 결정적인 복수 기회를 잡는다. 역자마저 심장이 튀어나올 만큼 짜릿한 기회였다. 오노는 그녀의 방식대로 논리정연한 결론을 내리는데 과연 독자는 주인공 오노의 결정을 이해할 수 있을까? 아마도 이 순간이 당신이 대문자 T의 사고방식을 이해할 수 있을지를 가늠하게 될 것이다.

이야기는 주인공의 심리 묘사보다는 주인공의 공간이 머릿속에 선명하게 떠오를 정도로 객관적이고 치밀한 상황 묘사로 전달된다. 내면이 아니라 행동으로 캐릭터를 탐구하는 것이다. 이야기 시작 부분, 빅 사이트로 가는 길에서 후배의 짐이 떨어지는 장면이 그 대표적인 예이다. 작가는 이 장면에서 각 캐릭터가 하는 행동을 묘사함으로써 주요 캐릭터의 성격을 생생하게 전달한다.

또 인사부라는 작은 조직을 통해 조직 전체를 보여준다는 점에서 직장 소설의 성격도 있을 뿐만 아니라 엔지니어링이라는 남성 중심 조직에서 '여성만의 시점'이라느니 여성을 채용할 때는 영어만 잘하면 된다느니, 무엇보다 소동의 중심이었던 챗봇 '마도카' 캐릭터 문제 등 남녀평등을 소리 높여 주장하면서도 여전히 여성을 주변부에 놓는 대기업의 실체를 곳곳에서 지적하고 있어 여성주의적인 시점으로도 다시금 읽을 수 있는 작품이다.

근육 단련에 빠져 보디빌딩 대회에 도전하는 직장 여성을 그린 「내 친구, 스미스」로 "세상의 상식에 의문을 제기하는 압권의 데뷔작"이라는 평가를 받으며 세상에 나타난 이시다 가호는 딱딱할 정도로 이성적인 문체 사이사이에 썰렁한 듯하면서도 정곡을 찌르는 유머를 난사하는 기이한 작가다.

순문학을 대상으로 하는 스바루 문학상으로 데뷔했으나 사실은 미스터리 작가가 되고 싶어서 에도가와 란포상에도 응모했었다는 작가는 대학에 들어와 공부를 별로 안 하게 되면서 글쓰기를 시작했다는 특이한 이력을 지니고 있다. 앞에서도 설명했듯 심리 묘사를 하지 않고 행동으로 등장인물의 내면을 그리는 게 특징인데 데뷔 초기에는 편집자들에게 등장인물들이 로봇 같다는 비판을 듣기도 했다는 후일담을 밝히기도 했다(「imidas」 2023년 9월 1일자 소설가 고우노스케 루이와 대담).

이 대담에서 작가는 순문학은 인간을 인간답게 그려야 한다는 강박적인 규칙이 있는데 자신은 주인공의 남성상, 연인, 첫사랑, 재즈 같은 음악 취향, 연인이나 지인의 죽음, 현재의 처절한 감정 상태 등 순문학이라면 세트처럼 따라 나오는 요소, 즉 '가족' '연애' '우정' 같은 소재는 다루지 않겠다고 밝혔다.

이 작품에도 주인공 오노의 가족, 연애, 우정, 감정은 드러나지 않는다. 챗봇 '마도카'처럼 복수를 성실하고 꼼꼼하게 수행하는 채용팀 직원이 있을 뿐이다. 인간미라고는 찾아볼 수 없을 듯한 인물을 통해 역설적으로 우리는 채용, 조직, 인간의 부조리함을 더 뼈저리게 느끼고 만다.

최근 일본에서는 모리미 도미히코(교토대학 농학부), 이시모치 아사미(규슈대학 이학부), 마쓰자키 유리(도호쿠대학 이학부) 등 이과계 작가들이 다수 등장해 문과 중심의 문학계에 새로운 요소를 더하고 있는데 이시다 가호 역시 이과계 작가의 신예로 성장할 것이다.

황금비율의 인연

2024년 10월 15일 1판 1쇄 인쇄
2024년 10월 31일 1판 1쇄 발행

이시다 가호 지음 | 민경욱 옮김

발행인 황민호
본부장 박정훈
편집기획 신주식 강경양 이예린
마케팅 조안나 이유진 이나경
국제판권 이주은 장희정
제작 최택순 성시원

발행처 대원씨아이(주)
주소 서울특별시 용산구 한강대로 15길 9-12
전화 (02)2071-2018
팩스 (02)797-1023
등록 제3-563호
등록일자 1992년5월11일

www.dwci.co.kr

ISBN 979-11-7288-658-5 03830